5 Minutos para ser infiel
y otras divagaciones
testiculares

5 Minutos para ser infiel y otras divagaciones testiculares

Emilio del Carril

PAÍS INVISIBLE

© **País Invisible**
Derechos Reservados, 2007

<u>5 minutos para ser infiel</u>
Emilio Del Carril

segunda edición 2017

Créditos:
Arte Portada: Mauricio Planchart Navia
Montaje Digital: Mauricio Planchart Navia
mauricioplanchart@gmail.com
Fotografía: José Luis Díaz

ISBN 0-9791650-1-6

País Invisible
Calle San Mateo 1610 • Apt. 201 • San Juan, PR, 00912
Correo electrónico: edelcarril@gmail.com

Tabla de Contenido

1. Con olor a orquídeas medievales 7

2. Cinco minutos para ser infiel 17

3. La sangre persigue 23

4. Búscame un grillo que cante
   sonetos de amor 27

5. 1492 35

6. El ritual de la cruz 49

7. Narciso, vísteme a la santa 55

8. En el plano lugar
   donde los encuentro 69

9. Causa y efecto del fetichismo
   de Nabucodonosor 77

10. Un buen día para morir 83

11. La extraña humedad
    en el pecho de Ana Laura 89

12. Agradecimientos 105

Con olor a orquídeas medievales

ntenté con la Yohimbina cuando la chispa que activaba la pasión en el matrimonio se extinguió, y dejó una estela de insatisfacción que se combinaba a la perfección con el tedio y el hastío. Los problemas de falta de deseo nos afectan en forma más evidente a los hombres, que podemos fingir todo, excepto una buena erección. Esta situación es en extremo bochornosa para ambas partes. A mí se me alborotan los complejos que había olvidado; y a ella, la incertidumbre ante la posibilidad de que no la ame o, en el peor de los casos, que tenga otra.

Consulté a un amigo médico, quien tomó "mi asunto" un poco en broma; y así, a la ligera, con cierto desparpajo, y una sonrisita que nunca supe si era de ironía, de burla o de pena, me despachó con un "procura en la farmacia por la Yohimbina, esa pastillita afrodisíaca que estimula la producción del fluido seminal y provoca una presión que el sistema nervioso relaciona con el inconsciente, el Id, y que despierta en forma milagrosa los deseos extraviados, aletargados o dormidos" dijo con el tono de la supuesta seriedad científica. Eso hice.

5 minutos para ser infiel

Llegué a mi casa después de recuperar el color, perdido por la vergüenza de preguntar ante varios clientes por la tableta relacionada por muchos con sexo depravado. Me acompañaba la seguridad de que pronto la comunidad se enteraría de mi falta de eficiencia en las artes amatorias.

Abrí el frasco en la cochera, comencé con una dosis doble y corrí al baño para esperar por un milagro. Sentí cómo la sangre se me agolpaba en el pene y, poco a poco, se iba levantando como si fuera accionado por una palanca. Sorprendido y a la vez agradado por el incidente, salí de mi encierro vergonzoso y llamé a mi esposa con una mezcla de temor y entusiasmo. Para evitar un descenso me lo tocaba constantemente como si estuviera masturbándome, mientras buscaba a Ernestina por la casa.

Encontré a mi mujer en la cocina midiendo una taza de harina para un bizcocho. Me observó asustada, pero no emitió palabra, se mantuvo con la taza en la mano, confusa, sin saber qué hacer. Yo me le acerqué, le levanté la falda escurriendo mi sustanciosa verga entre sus piernas, y comencé a besarla por el cuello, le mordí las orejas, le estrujaba los senos con una mano y con la otra mantenía la erección presionándome en ese lugar indefinido donde se unen el pene y los testículos. Le arrebaté los utensilios, los tiré al fregadero, empujé al suelo los envases que estaban sobre la mesa, mientras le rompía la blusa, le bajaba la pequeña y suave pieza de encajes que acostumbraba a usar debajo de su vestimenta sensata, y desesperado la rebusqué por aquellos sórdido caminos que tanto conocía. Cuando escuché su primer quejido, la dejé, la retiré un poco de mí y de un tirón saqué mis dedos tibios, húmedos y pegajosos de sus fluidos vaginales.

Ya los furores habían arropado a Ernestina, quien se contoneaba y jadeaba a mi ritmo. La trepé sobre la mesa y me acomodé sin permitirle que se preparara para la estocada. Sacó un grito ahogado que me exacerbó aun más. Comencé a entrar y a salir, asegurándome de que me sintiera al máximo, todo yo allí, profundo. Ella parpadeaba y en cada pestañear se convertía en virgen, en niña deseosa o en puta experimentada, pero sentí un pequeño calambre en una pierna y de inmediato mi vitoreada erección empezó a desinflarse. Seguí tratando hasta que una ruin flacidez evitó que pudiera entrarlo de nuevo, se doblaba, blando, inservible. Se había convertido en un pedazo de carne inerte.

–Un momentito –dije, mientras cerraba los ojos para concentrarme y me lo sacudía para despertarlo, pero nada. Lo demás fue la frustración y la ira que se me confundían con la parsimoniosa comprensión de Ernestina, que se levantó, se puso la blusa, así, raída, y prosiguió con su receta de cocina. Después de ese fallido intento, nuestra relación sexual se ahogó en una marejada de actividades sociales y cívicas que nos cansaban hasta el desmayo y nos distraían de la dura realidad de nuestra intimidad desabrida.

Tres meses más tarde, busqué la ayuda de un verdadero especialista, alguien más profesional y más serio que mi amigo, y fui a la oficina de un urólogo, quien de entrada pensó que mi problema, quizá, se debía a una disfunción de la próstata. Se puso un guante y con el dedo del corazón me hizo la primera y asqueante prueba de la glándula masculina, procedimiento que descartó una enfermedad y sepultó la última porción de orgullo que me quedaba.

Ernestina se había escudado en los quehaceres de la casa, había comprado todos los libros de recetas exóticas disponibles en el mercado. Participaba en cuanto taller de arte culinario se ofrecía en la ciudad, experimentaba con harinas, con azúcares, con melazas. Un día confeccionó una receta de sorrullitos de maíz gourmet, rellenos de chocolate y crema bávara que celebramos como un gran acontecimiento en nuestra rutinaria convivencia…

Hace una semana me encontré con mi amigo médico en el gimnasio. Hablamos. Me preguntó:
–¿Y ustedes, estarán verdaderamente enamorados?
Ofendido repliqué:

—A ti, ¿qué te pasa? Podría parecer que no nos queremos, pero nada más lejos de la realidad; amo a Ernestina con la misma intensidad que el primer día.

Él, un tanto sorprendido por mi reacción y mi discurso vehemente, me interrumpió, para irse al sauna, y allí me dejó con mis reflexiones sobre el supuesto gran amor que existía en mi exitoso y longevo matrimonio.

¡Ernestina y yo nos parecemos tanto! A los dos nos gusta ir al cine los domingos, cenar los viernes y cumplir con los compromisos sociales los sábados por la noche. Ambos somos devotos de Nuestra Señora de Loreto, asistimos a la misa y ayudamos en la catequesis de las confirmaciones. Somos el canon perfecto: marido y mujer que se acuestan después de ver las noticias, se abrazan, se ofrecen un beso minúsculo y cierran los ojos mientras fingen dormir, para esperar que el primero que descienda a la etapa más profunda del sueño comience a respirar como respiran todos los que sueñan; y el que queda en la realidad suspire por la pasión que antes los vestía, tiritando con el frío causado por el vaho de las ganas huecas. A veces la madrugada se alarga insoportablemente, pero llega la mañana y con la luz del sol aparece el germen siempre impertinente de la esperanza, el café fraternal, las noticias repetidas... la despedida y una nueva alegría que culminará con un día tan cansonamente parecido a otros.

Me pregunto por qué la lujuria deja de visitar a las parejas después de los primeros cuatro lustros de unión. Pero nosotros nos resistimos a admitir la eutanasia de la pasión, así que ante los pobres resultados de la Yohimbina y la desacertada opinión del urólogo, decidimos visitar a una famosa sexóloga que, por cierto, lleva el imponente récord de cuatro relaciones fallidas. Aun así, fuimos a verla.

El día de la cita, Ernestina se vistió con un traje elegante tipo sastre, se recogió el cabello en un moño discreto y se pintó los labios con una suave tonalidad coral. Llegamos media hora antes al consultorio localizado en la marginal de Playa Azul. Después de repasar por una hora las revistas fuera de fecha, manoseadas hasta el cansancio, apareció la doctora en psicología, una mujer de mediana edad, mediana estatura, con las medias de nylón estiradas apretándole las piernas, la base del maquillaje invadiéndole el borde de los labios y el delineador de los ojos convertido en ojeras artificiales de cansancio. Nos extendió la mano, mientras mantenía el celular anclado en la oreja derecha. De inmediato, nos pasó a la oficina decorada con las mil y una formas fálicas y nos preguntó:

–¿En qué puedo ayudarles?

De todas las preguntas, ésa es la que con mayor facilidad me cohíbe; primero, porque no es fácil reconocer un problema de disfunción sexual; y, segundo, porque no hay muchas alternativas lógicas cuando se visita a un profesional de esta clase. Aun así, respiré profundo, y, asumiendo el liderato que me caracteriza, expliqué los pormenores de mi engorrosa situación.

Nos escuchó con atención fingida, cruzó las piernas y sentenció:

–Tienen que ponerle pimienta a su relación.

Continuó con una secuencia indiscreta de aberraciones de todos grados que no permitió que Ernestina levantara la cabeza del suelo que durante la hora de la consulta se había convertido en su horizonte.

Llegamos a nuestra casa en silencio, buscando un antiácido para la indigestión que nos causaron las locuras que habíamos escuchado. Decidimos meditar sobre las alternativas. Al rato, me presenté al balcón en el que Ernestina reposaba y le dije:

–Cámbiate de ropa, que vamos a salir.

Ella me miró con sobresalto, pero accedió de inmediato ante lo que parecía una travesura infantil. Llegamos a la tienda Space Condom cerca de las siete de la noche sin saber que ésa es la hora en la que se encuentran en el lugar todos los que necesitan alguna de las especias que distorsionan la sexualidad a una que aunque no sea saludable, sea, al menos, interesante. Ernestina no salía de su asombro ante tanto artefacto extraño; rígida, pálida, estupefacta, se aferraba a mi mano. Disimulamos unos instantes frente al área de los inciensos con el pánico de que entrara alguno de nuestros conocidos, pero luego, de a poco, exploramos todos los rincones del lugar elucubrando noches que terminasen en la fatiga deliciosa de haber amado.

Cuando regresamos, decidido, levanté el teléfono y le informé a mi jefe que no iría a trabajar por la mañana. Ella se mantuvo en nuestra habitación, y yo me cambié en el cuarto preparado para unos niños que nunca llegaron. Cerca de las once, Ernestina me llamó, había acabado media botella de vino tinto, tenía la suave sensación que desinhibe los prejuicios tontos y enaltece los instintos retorcidos. Me pidió que entrara al cuarto iluminado con la luz de un par de velas, adornado con profilácticos multicolores inflados como bombitas para una fiesta de cumpleaños. El exceso de incienso hizo que comenzara a toser. Disimulé. En la penumbra vi a Ernestina sobre la cama con un traje de baño en cuero brilloso y un antifaz negro. Allí estaba la mujer que amaba, disfrazada de un personaje de caricaturas, rodeada de los más intimidantes juguetes de plástico, vibradores y aceites que se supone se saboreen sobre la piel como preámbulo a esos momentos de lujuria.

A pesar de la poca luz y la humareda ridícula en el cuarto, Ernestina no pudo ocultar una carcajada al verme en el pantaloncillo con una enorme trompa de elefante. Me contagié con sus risotadas, me acerqué, la tomé de una mano, le pedí que se levantara, la abracé suavemente sintiendo su cuerpo semidesnudo y tibio, y la llevé frente al espejo donde vimos el destello impensable de nuestra agonía erótica: la noche espectacular se esfumó detrás de los productos del Kama Sutra y la intención de ser quienes no somos.

A los pocos días de aquella nuestra mejor intención frustrada, me ofrecí para cada trabajo especial en mi oficina, horas extra que evitaban que llegara temprano a la casa. Ernestina tomó varios cursos nuevos de cocina y hasta se inscribió en un gimnasio exclusivo para mujeres. En las noches, cansados de estar cansados, continuamos con el manido e insípido beso y el sueño triste de no vivir.

Para el verano del noventa y cinco, escuchamos que muchas parejas habían conseguido un nuevo aire en la iglesia Fuentes de Vida Eterna. Como católicos sabíamos que era inaceptable recurrir al protestantismo cuando compartíamos con solemnidad el cuerpo de Cristo en cada Misa, pero como pareja, una desesperación pasiva nos obligaba a intentarlo. El pintoresco reverendo nos encomendó a una cadena de oración durante un mes entero por la módica colaboración de quinientos dólares. En los próximos treinta días intentamos sin éxito besarnos, pues la idea de que alguien estuviera en esos precisos momentos doblando sus rodillas para encomendarnos al Creador, lo único que levantaba era la espiritualidad. La pérdida del dinero no comparó con la sensación nefasta de que aun el mismo Dios, que había resucitado a Lázaro, no había podido sacar del letargo a mi venerada extremidad.

Han pasado dos años desde la cadena de oraciones. Ahora estoy en el baño de paredes de mármol, exactamente a una hora de tomarme la maravillosa pastilla azul llamada Viagra. Mantengo la puerta cerrada, me miro en el espejo y maldigo lo que me pasa. Todas las penas se apoderan de mi rostro y una insurgente rabia me invade. Cuánto daría por ser invisible, por desintegrarme huidizo por el desagüe, por penetrar las rendijas del extractor y desaparecer como desaparece un puño cuando se abre la mano. Ni siquiera puedo llorar. Me agobia aun más el silencio de Ernestina, su silencio es aterrorizante, ensordecedor: demasiado elocuente. Mantengo el grifo abierto, bajo constantemente el inodoro, pero no logro resultados, sólo enardecer mis temores y frustraciones acumuladas en la siempre inclemente joroba de las culpas.

De pronto se me ocurre una idea, un acto desesperado que pueda al menos brindarnos la posibilidad de tener una sexualidad normal, la salvación, la escapatoria que me devuelva de nuevo a la vida y detenga el burlón tic–tac del reloj de mi existencia. Salgo decidido a compartir mi reflexión. Ernestina está sentada en la cama mirando al suelo, seca de lágrimas, abortando la última de las ilusiones. Me acerco y me arrodillo a su lado, compungido le expreso la más atrevida de las probabilidades. Ernestina no emite palabra, respira profundamente en varias ocasiones, levanta la cabeza y asiente con resignación ante la posibilidad de un divorcio.

Los pasos para un divorcio por consentimiento mutuo son relativamente sencillos. En poco menos de cinco semanas ya nos encontrábamos en la oficina del abogado para firmar los papeles. Me sorprendió Ernestina, pues llegó vestida con una blusa que marcaba unos senos firmes que parecían estar apuntándome con unos pezones rosados, pequeños y activados por el frío. La miré.

Finalizado el proceso, y ya casi a punto de marcharnos, nos abrazamos. La cercanía me trajo el perfume de su cabellera limpia... y sentí de nuevo aquel olor legendario a sueños de unicornios, a castillos y espadas, a orquídeas medievales... un escalofrío que hacía tiempo no me invadía, una gelidez provocada por una oleada de calor que me empujó a decirle a la que hasta unos instantes había sido mi esposa:

–Te invito a un vinillo.

Ella aceptó sin dilación. Llegamos a una tasca nueva localizada en Villa Palmeras, una tasca con paredes revestidas de ladrillos, música de Annonimous 4, inciensos del Tíbet, velas de Marruecos y cortinas que caían desde el techo y aislaban cada una de las mesitas "Tú y Yo". Una mesera vestida de princesa nos llevó hasta el lugar donde quedamos solos y distantes de los demás comensales. Nos trajeron una botella del vino de la casa, la cual acabamos en pocos instantes. Bajo los torpes reflejos y la poca luz, consumida la segunda botella, mis gestos temblorosos hicieron que se derramara sobre mi mano parte del vino. Ernestina tomó mis dedos y comenzó a lamerlos.

–¿Qué haces Ernestina? –dije, mientras por dentro repetía: Sigue, Ernestina, sigue...

De pronto, los temas de conversación eran nuevos, ningún recuerdo se aparecía como fantasma, sólo novedad, mudanza, sorpresa... Me aventuré a mojar un dedo con vino y pasarlo por los labios de una Ernestina que no conocía. Ella respondió agradecida y comenzó a tocarme la rodilla, el muslo, la entrepierna. La música ceremonial infundía un aire místico. Cerré los ojos un instante y al abrirlos, aturdido, sentí a Ernestina debajo de la mesa, bajándome la cremallera, soltando la correa, buscando mi pene, que exhibía una majestuosa erección, sentí sus labios, la humedad de la lengua, el frío que provocaba el aliento sobre la saliva. Estábamos solos, o quizá el momento nos convirtió en una burbuja tan ajena a las consideraciones. Ernestina continuaba el recorrido con su lengua, sacó mis testículos repletos de todas las eyaculaciones atrasadas, se metió uno en la boca, lo succionó, luego se metió el otro mientras hacia movimientos lentos, acompasados. Al soltarlos, la corriente de aire hizo que me diera otro escalofrío intenso; Ernestina me tenía dominado con unas artes que no conocía. Me levanté un poco para ayudarle a bajarme los pantaloncillos hasta las rodillas, sostuvo en sus labios mi prepucio y lo haló con delicadeza, bajó por el tronco del pene hasta regresar a mis bolas hinchadas, las apartó y comenzó un nuevo recorrido por la intersección del muslo y los genitales, de arriba abajo, descubría en cada centímetro un pedazo de piel viva que latía al mismo compás que mi glande agigantado por el influjo del golpe de sangre que salía de los diques colapsados. Se concentró en mi punta y con movimientos circulares de la lengua, combinados por la succión precisa, los labios mullidos, la saliva tibia, las noches de espera, las madrugadas insípidas, el recorrido constante, de arriba abajo, más rápido que me quedo sin aire, que no pare Ernestina, que no pare... Sé que lo tiene en la garganta, porque al llegar a la base juega con los testículos, las bolas, la cabeza, el gusto, la sensación incomparable, casi olvidada, ella continúa con sonidos guturales, la saliva se chorrea en la silla y empapa mis nalgas, no pares Ernestina que ya casi...

Cuando abro mis ojos Ernestina está sentada arreglándose el cabello. Puedo ver residuos de mi semen en la comisura de sus labios. Se pone de pie y se acerca para darme un beso repleto de mí. Recupero el aliento, la abrazo y con voz entrecortada le suplico:
—Ernestina, cásate conmigo.
Ella no responde. Se pinta los labios y se marcha con una sonrisa de victoria.

Cinco minutos para ser infiel

l nerviosismo aparece en tu primera infidelidad. Las manos te sudan, y sientes un frío en la sínfisis pubis que de alguna forma te sube al centro del pecho, confundiéndose con los pálpitos acelerados, que se adereza con la boca seca. Estás en el cine Metro, hoy se cumple un mes del incidente. El cine está repleto, haces la fila que bordea la cuadra, y allí, al lado de las ruidosas guaguas de la AMA, los carros lustrosos y los ambulantes que buscan dinero entre los que esperan para entrar al mundo fantástico de la pantalla grande, la ves llegar, con el mahón ajustado, blusa con poca tela, una cruz celta tatuada en la región lumbar, cabello alisado, ojos amarillos. Tan diferente a tu Celia que siempre viste con su chaqueta tipo sastre, ejecutiva, el pelo corto muy moderno, el maquillaje imprescindible, los tacos bajos, la falda corta, la blusa de seda. Por eso miras a la otra, es tan deliciosamente opuesta a tu mujer y a su clonada amiga María de Lourdes, que por cierto continúan con su cuchicheo excluyente y humillante, con un hermetismo separatista que te arrincona en el tenebroso lugar donde se pone al grupo de los llamados *ellos*. Te miras en el cristal del banco para verificar que tu peinado, al igual que tu

ropa, esté impecable, cuando te percatas de que ella te mira. Ella cree que estás solo, y, en efecto, tiene razón, porque las chicas siguen sus conversaciones femeninas para las que no tienes un pase de cortesía. La trigueña da media vuelta para recibir una llamada que la descompensa. Imaginas que su acompañante no vendrá y ella estará tan sola como tú, pero, con una película divertida, y no con un documental aburrido de los que tanto le gustan a Celia. La mujer hace un ademán para irse, perfumada de contrariedad, pero se detiene y con disimulo sonríe solidaria contigo. Le respondes mientras caminas ya que han permitido que pasen. Haces una señal y te despides resignado. Llegas y te sientas al frente... ¡con lo que lo odias! Esperas con paciencia que Celia te pida golosinas y refrescos. Sales bostezando, cuando te encuentras a la mulata de frente, y comienzan el baile de quien pasa sin dejar que pase, y bailan sin compás, hasta que ambos se detienen y sueltan, casi al unísono, una carcajada, que posiblemente es lo más divertido que te ha pasado en la semana. Ella se presenta, desenfada, y te extiende la mano mientras dice: Juana Caballero. Sonríes, porque ella es una clásica Juana Caballero, ni siquiera podría ser María Caballero, porque ella es JUANA; la que tiene las uñas pintadas con paisajes de Puerto Rico: garitas, playas, palmeras y hasta la misma Capilla del Cristo, que en vez de Jesús tiene a Don Omar, en fin, en sólo dos manos, una colección de tarjetas postales y diez años de historia reggaetonera. Juana, la del g string que sobresale sobre el mahón, y como si fuera una cuerda diabólica te provoca halárselo para que profundicen en las grietas tibias de su cuerpo. Ella se percata de tu mirada y levanta la ceja mientras abre la boca en señal de asombro ante tu mirada repleta de deseo. Te responde fijando los ojos en tu bragueta abultada, moviendo la cabeza como las muñequitas hawaianas que se ponen en los dashs de los carros y que al menor cambio de velocidad se descontrolan, pero recuerdas los dulces y el refresco de las muchachas, y retrocedes, sonríes con falsa timidez y te acomodas en la fila de la confitería, como un fantoche autómata o un imbécil natural. Evades la mirada, mientras ella se queda con las manos en la cintura, en señal de que la desplantaste. Te toca el turno, pides, pagas, recibes y todavía ella está ahí. Ella baja la cabeza al percatarse de que tienes dos refrescos y lo que es peor: una acompañante. Avergonzado le pasas cerca con una mueca que emula una sonrisa. La oscuridad de la sala te aclara la realidad, Celia te ayuda con el cargamento y lo comparte con María de Lourdes. Te sientas y piensas en el momento, en la falta de inteligencia que te lleva a quedarte paralizado en un cine con nieblas multicolores que se proyectan en una pantalla. Comienzan los comerciales, el de las pinturas (tercer himno nacional) el de las comidas rápidas, los emparedados, los bancos: tu vida. Esa falta de disciplina en los estudios que no te permitió graduarte con buen promedio de escuela superior, una entrada con padrinos a la universidad en la que completas una maestría en concentraciones diversas, preparación para la que no existe diploma, y tu padre, mal administrador, jugador obsesivo que llevó a la familia a la ruina: un obituario en el que sólo sobresale un rancio apellido de abolengo. Hasta que llegó Celia, con una fortuna construida en la industria de las casas de madera tratada. Tu mujer te mantiene, paga tu carro convertible, tu ropa europea, la hipoteca de la casa de tu madre y tus salidas, ella es tu todo, los cordones que te mantienen en la danza de la vida, manejados con destreza para hacerlos lucir como un matrimonio común, mientras tú, como un primer caballero, andas a su lado, pero en realidad estás a sus espaldas, la escuchas, la dejas hablar y asientes, sonríes y te dices: ¡Qué inteligente es! Esa inteligencia te socava, te drena, contrasta burlonamente con la poca capacidad que tienes para concentrarte.

Te has percatado aún más de tu situación precaria después del incidente. Quisieras salir, buscar un empleo, pero sabes que no aguantarías ocho horas en una oficina. Así que entre las promociones del cine, el popcorn y tus pensamientos circulares, te hundes en el asiento que te ha tocado, un trono carmesí, para el zángano de la colmena.

Comienza el documental. Después de unos instantes de das cuenta de que es narrado en francés con subtítulos en ingles.

5 minutos para ser infiel

En un murmullo recurres al eufemismo de defecar en la nada, cuando lo que debieras hacer es cagarte en el nombre de algún santo inservible de los que sustituyen a las gárgolas dentro de los templos. Maldices, porque tú no sabes francés y el inglés te confunde. Te arrepientes de no haber traído tu i POD, tratas de pensar, pero los pensamientos te molestan, son como una verja de alambres punzantes que no te deja salir del perímetro en el que te sientes infeliz, pero, hasta a ser infeliz te has acostumbrado.

Cabeceas y sueñas que Celia te desnuda, te amarra las manos, te venda los ojos y te pega, se ríe, estás bocabajo, te vierte cera tibia, ahora caliente, te quema, y aunque te duele se te para como un tótem, Celia toma tu pene y lo mueve hacia atrás para chuparlo, de pronto baja y te pasa la lengua por lugares recónditos que nunca han visto la luz. Te abre las nalgas, es indignante, te mete el dedo, luego la lengua en un beso oscuro, tan negro como el cristalizado orgullo que te queda. Despiertas con un codazo de la Celia, porque estabas haciendo ruidos extraños. Te resignas, ya que esa noche, como tantas veces, el sueño se hará realidad.

Te sublevas y te diriges al baño, te pones las manos en los bolsillos para disimular la erección. Sales, la luz te molesta; la sorpresa de encontrarla a Juana no. Ella marca su teléfono, te ve, apaga los ojos, lo esperabas, te lo mereces, pero sólo un instante, porque de pronto una imagen te llena el campo de concentración de tus pensamientos, el g string, debe estar sofocado en las rieles de su vulva, te lo tocas, ella te mira, de nuevo el movimiento de la cabeza, las ganas de ganas, o el deseo de vengarte de los atropellos de tu Celia, este es el momento que tanto habías esperado, serle infiel casi en su presencia, besar a otra, poseerla, pegarte a una vulva ajena y luego besar a tu mujer. Miras a Juana, sabes que ella quiere, la pregunta es dónde. Inspeccionas el área, al lado del baño hay un armario, pero está cerrado. El baño, sí, piensas en el baño, lo has visto en películas, por qué no, el baño, bastará con que verifiques que no hay nadie, y que ella entre después. Le haces señas, ella se asombra, pero te sigue, aspira tus aromas que se quedan como un rastro invisible que ella trata de encontrar con los ojos semiabiertos. Entras, no hay nadie. Ella disimula en la fuente de agua. La llamas, entra asustada, se meten en un cubículo. La encaramas en el inodoro, para que sólo se vean tus pies, ella te da la espalda, se contonea, tiene las manos en la pared y la región glútea en tu cara, le bajas el mahón, y en efecto, la tiras del g string están perdidas en sus arrecifes. Se detienen al escuchar que alguien está orinando, el desconocido sale de prisa sin lavarse las manos. Continúan, no analizas, la muerdes, le abres las nalgas y la besas, pero el beso es claro, luminoso, libertador. Sientes cómo bajan por las chorreras de sus labios vaginales fluidos gozosos que degustas apasionadamente, como cuando caes en un lodazal que en un comienzo te resulta repulsivo y luego disfrutas con sensualidad, por lo suave, profundo y prohibido. Huele diferente, es un aroma humano y real que vas a llevarte en la boca. Le das una nalgada, y la abres para ver esa carretera rosada que conecta orificios de gozo, montas tu lengua vía expreso de un lado al otro, que fácil es el trayecto. Quieres dejar el camino limpio para perfumarte de las savias, pero sobre todo, para que Celia te huela y presienta que estabas con otra. Juana está enardecida, y responde con inundaciones de maví con ostiones, la chupas, bebes del brebaje y le dejas la concha vacía, inmaculada, refulgente de nácares rojizos que otrora fueron rosados. La sueltas un momento para mirarla y te percatas del gran parecido entre los mejillones, las ostras, las almejas, y y el centro de Juana. Reconoces que el sabor de ella es ligeramente picante, condimentado con cilantro y perejil, con pimientos brujos y ajos enanos. La ayudas a bajar después del aperitivo y te sientas en el inodoro, ella te abre el pantalón, para luego acomodarse en tu pene incircunciso y abrirse mientras te siente adentro, ella es tan cómoda, perfecta y fácil de transitar como las autopistas de madrugadas.

 Ocurre el milagro, por unos minutos no recuerdas a tu Celia. Juana se saca los pechos tatuados con el nombre de Marcos. Te deja ver sus pezones negros, los chupas, ella sube, te acuerdas, no sufres, quizá un poco, pero te le derramas dentro con la seguridad de que no puedes preñarla ya que tus espermatozoides son imperfectos, tiene dos cabezas, dos colas, y se quedan a mitad del camino, en conclusión, eres estéril, condición que Celia utiliza para humillarte un poco más. Todavía lo tienes parado. Vibra el celular de Juana una vez, ella acelera, sube y baja para sentir tu pene desde el comienzo hasta la frontera con las bolas, dos veces, rota la pelvis, tres, te mete la lengua en la boca, cuatro, responde a tus corrientes con una resaca que te moja el pantalón. Tu infidelidad termina de súbito.

Juana se arregla la ropa, se acomoda la tirilla del talón del zapato y contesta el teléfono, que va por el octavo timbrazo. Escuchas como habla con tono conciliador. Esperas a que se despida, pero ella te ignora, no le importas, te usó y la usaste. Ni siquiera sirves para que ella quiera verte de nuevo.

Te quedas sentado y bajas el inodoro, varias veces, para que se pierda en el desagüe el recuerdo de aquella tarde, y aquel incidente, la puerta que no cerró bien, las escaleras, el cuarto, tu cuarto, la cama de Celia, tu cama, Celia con alguien, pero no eres tú, ves a María de Lourdes, las extremidades, el nido de serpientes, el horrible número que precede al setenta, y el silencio, la media vuelta para no interrumpir, las ganas de escaparte, o mejor aún, de enfrentarlas, de insultarlas, de reprocharles la infidelidad y la tomadura de pelo, pero te faltaron cojones para hacerlo.

Te arreglas la ropa, no te lavas, quieres que Celia te sienta. Regresas a la sala, miras el reloj y te percatas que sólo han pasado cinco minutos, un récord. Con expresión de aburrimiento te acercas al oído de tu esposa y le preguntas:

-¿Cuánto falta para que termine?

La sangre persigue

mpujó el pesado armario hasta que estuvo seguro de que no se veían el dintel ni las jambas de la puerta que llevaba al sótano, que desde ese día estaría clausurado. Un olor fuerte a lejía flotaba en el ambiente. La cocina estaba limpia, las paredes blancas. Los alféizares no tenían el polvo que usualmente acumulaban. Las esquinas carecían del hollín que caracteriza a los lugares difíciles de acicalar; en nada se parecía al desorden que su esposa siempre tuvo en la casa.

El reloj marcaba las diez, momento preciso para hacer sus oraciones, las plegarias que ella nunca hizo: ella siempre, ella nunca... Buscó el devocionario, se arrodilló frente a la ventana y comenzó la letanía de los perdones.

*Santa Marta de los amargados, ruega por nosotros,
los que pecan y los que lloran en silencio...
San Fredoro de las aniquilaciones, ruega por nosotros,
que el tiempo es corto y la muerte asecha...
San Martinó siempre mártir, ruega por nosotros,
las manos que tiemblan, la voz que se ahoga...
San Dramino de las injusticias, ruega por nosotros,
mantén el olor a limpio y la puerta sellada...*

5 minutos para ser infiel

Se levantó. Llegó hasta la cocina. Había dejado la pesada figura de nuestra señora de Loreto en remojo. Con suavidad la frotó con una esponja hasta dejarla sin las señales del pecado: "Santa María Inmaculada", se dijo. Observó con detenimiento los ojos azules que miraban hacia el cielo, aquella mirada fija, suplicante, "divina", el cabello muy rubio en ligeros rizos, la piel tersa, el gesto sereno, y le pareció ver la imagen de la mujer de parecer suave que las más de las veces lo señalaba con el dedo acusatorio y la palabra sucia, grosera. "Cecilia, Santa Cecilia de todas las putas" se dijo con el tono de los que odian y maldicen, mientras envolvía la imagen en una toalla y la arrullaba como si fuera una recién nacida.

Colocó la figura en una mesita en el cuarto de su hijo: había preparado "el altar" en el lugar preciso; allí, vigilando el sueño del hijo a quien por tantas noches le negó las caricias. Miró al pequeño: respiraba con tranquilidad, tenía el rostro apacible, con la expresión de los que nunca han tenido días aciagos. Un amago de sonrisa le indicó que soñaba con algo divertido. Se acercó a la cama; lo acarició pasándole suavemente la mano por la cabecita reposada en la almohada; lo besó en la frente, y respiró profundo los aromas a los juegos e inocencia de las orquídeas medievales. El niño entreabrió los ojos, pero de inmediato retomó el sueño: le había dado suficiente medicamento para que durmiera plácido hasta la madrugada.

Regresó a la sala, se sentó en la mecedora y comenzó la letanía de los iniciados.

San Cariano de los vientos; ruega por nosotros.
Reina de la ollefas; ruega por nosotros.
Tejedor de las misericordias; ruega por nosotros,
que el tiempo es breve, la suerte estrecha.
Santo Rey de lo imposible, salva lo bueno,
aniquila el pecado y mantén cerrada la puerta...

Puso fin a su rezo, y justo cuando se levantaba, escuchó un gotereo molestoso, irreverente... Se detuvo, atento el oído: el silencio, la gota incesante, el sonido claro, espeso. Se dirigió a la cocina y al baño, pero todo estaba en orden. La voz hueca provenía del cuarto del pequeño.

Entró al aposento; el niño lucía bien. Miró hacia la figura de nuestra señora de Loreto y descubrió con sobresalto que de las manos de la virgen caían gotas de sangre. Impresionado, errático, tomó la figura, corrió con ella hasta el baño, la colocó en el lavabo, abrió el grifo, dejó correr el agua... Volvió al cuarto del niño. Se arrodilló, y mientras con una toalla limpiaba la sangre en el suelo, comenzó la letanía de los abandonos:

San Judas de los escarnios, vela por las alegrías.
San Estanislao de los momentos tristes,
enjuga todas las lágrimas.
Santo Pórtico de divisorias,
dame paso hacia la gloria...

Cuando iba a comenzar la cuarta de las nivillas, volteó la cabeza hacia la puerta abierta. Salía sangre del baño, era sangre, no agua con sangre, pura sangre... De inmediato, despertó al niño, lo cubrió con una frazada y salió de prisa pisando la sangre, sangre en el pasillo, sangre en la sala, sangre, más sangre... Una vez afuera, acomodó al niño en el asiento trasero del auto, torció la llave, hundió el pie en el acelerador y se fue en huida.

El niño se desperezaba, miraba asustado para todos los lados. Después de varios minutos le preguntó a su padre:

–¿Y mamá? ¿A dónde vamos?

El hombre miró por el espejo retrovisor, y bajo la entreluz de la noche observó el cabello rubio y con los suaves rizos de su madre... Miró una vez más, esperó unos instantes, reaccionó y le dijo:

–Vamos a una casa sin olores a madrugadas, sin amaneceres de espera...tu madre no viene con nosotros, duerme el sueño de los que reposan en la cama ajena... no la esperes... ahora somos tú y yo, tú y yo sin rencores, sin odios...

El niño no entendía las palabras. Inquieto, insistió en tono más alto:

—¿Y mamá?

Nuevamente, el hombre miró por el espejo retrovisor y observó los ojos azules del pequeño... los ojos azules de la virgen de los milagros, los ojos azules de la puta de los inciensos, el pelo rubio, largo y rizado de las sábanas de contrabando, el pelo y los ojos de la virgen sangrante... Esta vez contestó con rabia:

—Que no esperes a tu madre, te dije; tu madre se fue con otro. Maldita seas, puta, malagradecida, maldita... maldita eres entre todas las mujeres, maldita entre los hombres... *¿Y mamá?* Ella te daba medicina para que te quedaras dormido mientras subía a sus amantes. Los desnudaba frente a la virgen y los besaba como jamás me besó a mí. *¿Y mamá?* A ellos los devoraba, les daba todos sus todos, y a mí sólo la espalda. *¿Y mamá?* No limpiaba, cocinaba lo imprescindible para no dejarnos morir de hambre, pero yo estaba muerto sin sus amores y caminaba con el pesado andar de los que están vacíos. Mi boca sabía a la tierra de los camposantos. ¡Quémate en el infierno del sótano donde te descubrí ensortijada con el mismo demonio!

El hombre recobró la cordura cuando el pequeño lanzó un grito prolongado. Frenó con brusquedad, salió, abrió la puerta trasera, agarró al niño por una mano y lo sacó del auto. Asustado, el muchacho caminó varios pasos. Temblaba. Se detuvo, se volteó, abrió los enormes ojos azules hacia el cielo y extendió los brazos abiertos en señal de súplica. Quieto, el padre lo observó: aun en la penumbra, el niño rubio le pareció hermoso. Entonces lo abrazó sin percatarse que de las manos pequeñas, brotaba la más roja de las sangres.

Búscame un grillo
que cante sonetos de amor

n un principio la petición le pareció parte de los juegos que su padre inventaba en los deslumbrantes momentos de creatividad, en los cuales, con voz de barítono, le contaba...
"Era el príncipe más alto de la tribu de los Grechuas, tan alto que los niños pensaban que podía atrapar las nubes con una bocanada, para luego exhalarlas en un suave rocío. Él, tan alto, que brincaba las copas de los árboles de vilodes más inmensos y podía ganarle en una carrera al lince del valle amarillo..."
No era un juego la petición hecha con estertor atípico. En ese momento de análisis inocente, una ráfaga se adentró en la habitación, diluyendo el vaho a enfermedad crónica. El viscoso olor a muerte se fue en volandas, dejando a la cortina de encaje francés aturdida, con una incoherente cabriola. El pequeño miró hacia afuera, mientras el eco del ronquido de su progenitor le recordaba el mandado que le acababa de hacer. Se levantó de la amplia estera que custodiaba la cama de pilares y corrió por la habitación con una mezcla de miedo apremiante e incertidumbre borrascosa. Cruzaba la sala con las zancadas que le permitía la estatura de sus ocho años, cuando se encontró de frente con el padre Antonio, quien como siempre, tenía el labio inferior

ligeramente inclinado a la izquierda y la ceja derecha levantada, para formar una diagonal malévola que paralizó al niño.

—¿A dónde vas? —le preguntó mientras cruzaba los brazos en inequívoca señal de intimidación.

Calló, como siempre callaba ante la metamorfosis de aquel hombre que lo trataba con fingido respeto delante de su padre, para luego agredirlo con un monocromático arcoiris de miradas insinuantes cuando el señor de la casa se retiraba. Aun con sus pocos años, sabía que su padre no debía percatarse del acoso infringido por el hombre de Dios. Los miedos siempre le distorsionaban la percepción de la realidad. Miró al cuarto, la estera disonante de la exuberante decoración del resto de la casa, la ventana abierta, la cortina loca, las boqueadas de su padre, el viento, la peste a orines que caminaba por el piso de madera, el sacerdote parado y el tintineo constante que decía: Un grillo que cante sonetos de amor… En el momento en que no podía parir ninguna excusa lógica, se escuchó abrirse el portón de la entrada.

El párroco se asomó por el balcón y saludó con un etéreo ademán al Dr. Bustiño, quien al percatarse de la presencia del clero, esbozó expresiones de pesadumbre ensayada y tristeza repetida. El niño aprovechó el momento y se escapó por la cocina hasta el patio trasero en el que los gansos disfrutaban de sus acostumbrados baños.

Miró a todos lados, mientras le parecía que el bosque adquiría dimensiones gigantescas. Por primera vez sentía que debía vencer al miedo. Ese miedo paralizante que tres años atrás no había permitido que se moviera cuando el cura se desvistió frente a él en la sacristía. El acoso había comenzado con abrazos prolongados y nalgadas inofensivas; hasta transformarse en sensuales susurros cuando el niño se sentaba sobre las piernas del hombre, quien, cuando estaba seguro de que nadie lo miraba, acercaba la mano del pequeño sobre su genitalia y le decía: Yo soy Dios hecho hombre, si me amas, amas a Dios. Tócame, pequeño, pon tus labios aquí, sentirás cómo late el corazón del cielo… Para el niño, aquella era una santidad rancia, que sabía peor que el hígado y la leche cortada, una divinidad que le provocaba ganas de vomitar.

El padre Antonio había influenciado para que el hacendado permitiera que su único hijo se convirtiera en monaguillo. El buen hombre accedió porque pensaba que las murallas santas, ayudarían a que su unigénito pudiera sobreponerse a la pérdida de su madre, sin saber que, ahora el niño se encontraba más solo que nunca.

Estaba confuso, no podía entender porqué un grillo. Su padre sabía de sobra que le aterrorizaban los insectos, con sus patas velludas, las alas de guerra, las antenas demoníacas, los ojos maléficos, que, como los ojos de Dios, podían mirar a todos lados, y la impredecible capacidad de brincar desde los más inesperados lugares, para luego confabularse con la sorpresa y saltarle encima para descompensarlo, hacerle perder el control y gritar hasta que el aire se le hacía exiguo. Esperó durante unos instantes, con la esperanza de adquirir, con la respiración, un poco de la valentía que le faltaba. Todo parecía un conjuro para la desesperación.

Evitó a los gansos, los cuales presentirían el miedo que sudaba el muchacho, y lo perseguirían por todo el patio. Caminó de puntillas para evitar ser detectado por las aves. Para su sorpresa, había un grillo sobre una piedra blanca. El niño lo observó, pensó en una forma de atraparlo sin tener que tocarlo. Encontró un frasco de cristal y se dispuso a ponerlo sobre el insecto, pero éste, al percatarse, saltó y se perdió entre la hojarasca del bosque. Frustrado se sentó sobre la piedra y miró hacia la cocina, las sirvientas lloraban mientras hacían los quehaceres, y en la lejanía se escuchaban otros autos que llegaban, junto al abrir y cerrar de las portezuelas. Los visitantes arribaban vestidos de impecable negro y pañuelos limpios para enjugar las imprescindibles lágrimas que brotan en el momento de luto. También escuchaba el sonido de su corazón, con esa rítmica batukada que se interpreta ante un presentimiento nefasto, porque sólo tenía a su padre, al más mágico e impredecible de los papás, repleto de odres con historias líquidas, volátiles y tranquilizadoras, contadas con la mayor de las solemnidades en el momento que precede al miedo nocturno, la fatiga oscura, y los párpados rígidos por las pesadillas recurrentes. No estaba preparado para otra ausencia, suficiente había sido la que le dejó la muerte de su madre. Cerró los ojos unos instantes cuando escuchó la voz del sacerdote, quien enmarcado con la ventana le gritaba entre dientes que subiera de inmediato. El resorte del miedo lo impulsó a correr, a brincar con destreza sobre el estanque de las aves y adentrarse en el cafetal, donde sabía pululaba una bruja medieval. Corrió tan rápido como sus piernas se lo permitieron, alejándose de la casona, en una competencia con su aliento, que de pronto se quedó atrasado, mientras el rastro de su residencia había desaparecido en la cueva de techo azul, tapias verdes y piso marrón que ahora lo apresaba. En la periferia sólo se distinguían arbustos de café con sus frutos verde brillante y el suelo cubierto de hojas cobijadoras de alimañas, y hacia arriba, un cielo en el que dormitaba un dios que lo ignoraba. Comprendió que estaba perdido, perdido en un bosque, con una alfombra de ciempiés y escorpiones, perdido con una corona de sus más aterradoras pesadillas, perdido ante un adiós de los que convierten al pecho en un tejido intrincado, perdido con un hombre más peligroso que el peor de las hechiceros.

Escuchó sonidos aberrantes de serpientes, arañas venenosas, guaraguaos que comían gente y duendes que coleccionaban cabezas infantiles. Gritó, pidió auxilio, pero los jadeos del viento con las hojas lo opacaron.

Corrió intentando encontrar alguna vereda que le trazara una dirección a seguir. Descansó por unos instantes, con los brazos cruzados para no tocar nada, cuando sintió un ardor en las piernas, bajó la mirada y vio decenas de hormigas rojas que caminaban sobre su piel, podía sentir cómo intentaban hacerle orificios para metérsele en el cuerpo y apoderarse de los conductos hasta llegar al corazón y allí hacer un hormiguero enorme. Brincó, movió las piernas sin control ni ritmo, y de nuevo se enfrascó en una huida hacia una nada que se convertía en un velo que lo cegaba. El ardor en las piernas se transformó en ronchas, una cordillera roja que palpitaba como su corazón. Cuando pensaba que era la peor pesadilla de su vida, una insidiosa avispa solitaria lo picó en el labio superior, fue el beso más ardiente de su corta existencia, escupió de la misma forma que había escupido cuando Antonio, el dios hecho hombre, se le había derramado en la boca.

Llamó a su padre mientras pasaba la lengua sobre el labio que crecía sin mesura, pero su labio adormecido evitaba que pudiera pronunciar bien el nombre de él. No pudo evitar llorar con ese desconsuelo que te pone el pecho a dar pequeños saltos. Tenía hambre, ganas de acostarse y quedarse dormido, para luego despertar y asegurarse de que todo había sido un mal sueño.

El cielo se puso gris, el verde de las hojas del cafetal se tornaba oscuro y sucio. El viento, cómplice del momento, se llevaba el sonido y los olores de su hogar por un camino distante a su olfato. El canto de las aves, el silbido de la brisa y el crujir de las ramas secas se transformaban en desolación instantánea y esperanza transida. Se percató de que caminaba en círculos cuando vio sus huellas. Tenía que ser valiente, como el príncipe de los Grechuas, cuando luchó contra la bruja que tenía, en vez de cabello, una madeja de boas constrictoras. El príncipe no llevaba escudos, sólo una lanza confeccionada con una rama de valija, ella tenía a su amada, a la hermosa Tañía, la poetisa de la tribu de los curanderos, raptada por infame íncuba, que la convirtió en... Ahora las ideas le parecían confusas, le molestaba el aire húmedo, sintió un mareo y comenzó a caminar a tientas, hasta que cayó por una pendiente y rodó, se cortó un brazo con una piedra filosa. La caída terminó cerca de un riachuelo. La sangre de la herida se esparcía en el agua clara, como una humareda en una tarde soleada.

Se lavó la cara y humedeció los labios. Divisó una vereda que se adentraba en unos árboles enanos. Al final, en el medio de unos bambúes, encontró una cabaña. En la entrada estaba un negro sentado sobre una estera pardusca. El hombre tenía un turbante blanco que combinaba a la perfección con la esclerótica homogénea de sus ojos. El niño puso una expresión de súplica mientras el hombre se levantaba.

—Un grillo que cante... —atinó a decir.

Desde abajo, el turbante resplandecía contra las nubes grises. Los brazos largos, los ojos tristes, con halos de lágrimas. El hombre extendió con delicadeza la mano, con el puño cerrado. Mientras, el niño, envuelto en el aura mística del extraño, extendió la suya para recibir lo que parecía imposible: un grillo, con las patitas suaves, aterciopeladas. No sintió el impulso de soltarlo, por el contrario, el hallazgo le instauró una fuerza desconocida. El hombre le señaló una palma; luego le dijo en accidentado español: Al sol, sigue al sol... El niño sonrió con los labios cuarteados, y corrió para subir la montaña. La respiración agitada, eufórico, saltaba con agilidad, manteniendo siempre un cuidado especial para no maltratar al insecto, que dócilmente se quedaba en la mano del pequeño. Había vencido al miedo, ahora se sentía poderoso, repleto de fuerzas para decirle a su padre lo que el cura le había hecho. Él lo libraría del mal, y de ese extraño juego que comenzaba cuando el sacerdote le bajaba los pantaloncillos y le tocaba el pene, hasta que reaccionaba con una erección proporcional a su edad. Luego le acariciaba las nalgas, y le jugaba mientras respiraba profundamente. Estaba decidido a contarlo todo, tenía un grillo cantor, y las instrucciones para encontrar su casa.

Llegó hasta la palma y siguió en dirección al sol, hasta que se encontró con el patio de la casa, espantó los gansos y subió las escaleras llamando a su padre.

Se detuvo frente a la puerta del cuarto para recobrar el aliento, cuando vio el rostro de su padre con una luminosa cruz de aceite de unción, la falta de color, la quietud de un cuerpo deshabitado.

—¡Papá, traje al grillo! —En ese momento el sacerdote cubría el cuerpo con una sábana. Al verlo, el cura lo agarró del brazo y le dijo:

—Cállate, tu padre está muerto. No seas tonto, te dio la encomienda para que no vieras su agonía.

Entonces, la mueca silente del que llora con más fuerza de las que le permite el pecho, y la sensación de que él también se moría. El sacerdote lo empujó hacia el cuarto y le susurró con saña:

–Cámbiate, pronto llegará la familia.

–Pero…

–Qué te vayas a cambiar –le dijo mientras le halaba los pelos de la patilla–, ya no tienes quién te proteja, te voy a enseñar modales. Ahora eres mío, mío.

El niño sintió un pequeño movimiento del grillo que lo hizo reaccionar, patear al sacerdote, acercarse a la cama, y llamar a su todavía tibio padre. Con suavidad puso al insecto en la almohada, cuando sintió que el párroco le halaba el pelo y comenzaba a propinarle una golpiza. El niño resistía el embate, en silencio, estoico, con una manada de lágrimas en espera de la orden para lanzarse al vacío, la desesperanza, los labios hinchados, la sangre seca, el grillo subiendo por la almohada, adentrándose sigiloso en las sábanas. Los golpes seguían, y el doctor se tomaba un jerez, la servidumbre lloraba mientras el grillo se acomodaba en el canal auditivo del difunto y comenzaba un sonido casi imperceptible, un soneto de amor en una lengua extraña, una canción mágica compuesta para el príncipe de los Grechuas. Continuaban las nalgadas, los ojos de lujuria, el canto del grillo, el padre Antonio fuera de sí, pero con una prominente erección.

El niño resistió, hasta que se escuchó una voz estertórea, de barítono, que dijo:

–Suelta inmediatamente a mi muchacho.

1492

Un rayo de luz para la luna negra

Yo quiero luz de luna para mi noche oscura...

Luz de luna, Álvaro Carrillo

No ha sido fácil descubrir mi homosexualidad cuando recién incursiono en los setenta años. Primero porque no estoy preparado para efectuar cambios en mis últimos días, diseñados para los adioses, las enfermedades, el desapego paulatino de la vida, el alejamiento de la realidad, el entumecimiento de las articulaciones, el enmohecimiento de las ilusiones y las cataratas que me ayudan a no verme las arrugas en el espejo. Estoy listo para la resignación de sentarme cada día en la sala de espera de la existencia con la única encomienda de no estorbar, y entretenerme con el borroso álbum de recuerdos archivado con desorden en el cerebro. Segundo, porque después de manosear el amor por tantas décadas, la palabra se ha convertido en una flor de las que se usan para adornar los sepulcros olvidados. Tercero, y no menos importante, porque todavía estoy unido a la mujer con quien hace cincuenta años me casé y que se ha convertido en mi sombra.

5 minutos para ser infiel

Bernabet es la misma de siempre, tiene casi la misma figura, el mismo color de cabello, el arco tatuado de las cejas, los ojos abiertos, las ojeras operadas, el busto relleno de silicón, y debajo de la dermis, onzas y más onzas de Botox y Restiline, medicamentos que de alguna forma se le han filtrado por la tráquea hasta llegar al mismísimo centro del pecho donde mantienen un alma que no se contrae por ninguna razón, un alma tan estirada como su cuello, almidonada de orgullos falsos, de apariencias y ese desdén que moviliza todos sus actos para cumplir su única encomienda: el deseo de joder.

Hoy es el día de San Valentín. La algarabía invade esta égida exclusiva para personas de abolengo, el postrero hogar de las grandes figuras de la banca, la última casa del jetset que por décadas vivió estático en las fotos de la revista Imagen: banqueros, comerciantes y médicos abandonados por hijos que acallaron sus conciencias detrás de las puertas de aceitillo labrado y los pisos de mármol. Todos somos grandes e importantes personalidades que producimos el mismo olor fétido cuando vamos al baño y que tenemos la misma reacción de flatulencia ocasionada por la intolerancia a la lactosa.

La servidumbre corre de arriba abajo con sus trajes negros y sombreros blancos, zigzaguean con el empeño de que nadie pueda dar la mínima queja sobre sus ejecuciones. Todo son preparativos: globos, coronas para la reina y el rey, corazones, olores a comida gourmet, vajillas de porcelana china, cubiertos de plata, manteles de hilo y pañales desechables para que la incontinencia urinaria no cause estragos en las sillas francesas de patas de garra. Tenemos un concurso de talento, elegiremos los reyes de los corazones, el Sr. y la Sra. Amor, rojo intenso, color que contrasta a la perfección con el verde coraje que me causa ver tantos fantasmas que siguen con rigurosidad las reglas del juego para hacer el ridículo.

Mi querida esposa encargó su traje formal a España, modelo híbrido de una crónica de la revista *Hola* y un sueño que tuvo cuando era niña, sueño que se ha convertido en la pesadilla para la casa Balenciaga. Yo no opino acerca del cortinaje de cristales Swarovski con aureolas boreales que ella clasifica como su traje espectacular y que en realidad la hacen lucir más luminosa que un árbol de navidad de una tienda por departamentos. Por mi parte, encargué mi tuxedo sencillo en Leonardo's, ya que Clubman cerró hace diez años, después de que unas feministas atacaran la tienda por su chauvinista slogan de que "detrás de cada hombre que viste de Clubman, hay una mujer…".

No tengo interés en ir a la celebración. ¡Cuánto daría por quedarme en la terraza posterior y jugar ajedrez con mi amigo, el ingeniero Rolando Sanabria!, el anciano que me catapultó a ver otros hombres en el espejo.

Recuerdo el día que llegó hace aproximadamente tres semanas, una tarde tan estúpidamente parecida a otras. Los otros treinta hospedados disfrutaban de la obligatoria siesta que los hace reponer las energías malgastadas en Plaza las Américas, mientras yo disfrutaba de un paseo por el jardín japonés que estabiliza mi Yin y mi Yang. Cargaba un juego de ajedrez antiguo por si la suerte atinaba conseguirme un compañero de juego cuando vi el automóvil negro estacionarse en el redondel donde los familiares tiran como trastos a los que les dieron la vida. Me llamaron la atención su cabello abundante, su piel luminosa y la expresión de tristeza con aliños de lágrimas viejas, sabias, y recurrentes por los mismos y marcados caminos de sal que convertían su rostro en una oda a la melancolía. Pude ver como insistía en que el chofer no se bajara. Con dinamismo sacó la maleta de la cajuela y se dirigió a la entrada. Cuando se aseguró de que el auto se había perdido, regresó al redondel y se quedó mirando a un horizonte cada vez más lejano. Me acerqué y con entusiasmo le extendí la mano en señal de bienvenida, él cerró la suya y la convirtió en un puño sólido. En otras circunstancias hubiera resentido el desplante, pero un perdón se posó en sus pestañas cuando me sonrió con pesadumbre. Intuí que sufría, por eso y ante su actitud paralizante, parecida a la

que sufrió la esposa de Lot cuando abandonó su hogar, intenté darle unas palmadas consoladoras en la espalda. Una sacudida para nada disimulada reafirmó que no es el tipo de persona que gusta del contacto físico. Decidí retirarme ante el segundo agravio, pero él me preguntó por la caja que yo sostenía:
—¿Ajedrez?
—Sí.
—Supongo que aquí no hay mucho más que hacer.
—Se equivoca, también se juega bingo.
Sonrió y de pronto me pareció como un niño que encuentra a un amigo el primer día de clases. De inmediato olvidé los incidentes (no me queda mucho tiempo para acumular resentimientos tontos) y comencé a enseñarle las instalaciones: la sala de espectáculos, el gimnasio, el sauna, el salón comedor, el cuarto de proyección cinematográfica y su cuarto, el número 12. Lo dejé frente a la puerta del espacio que sería su aposento con la delicada consideración de que tuviera privacidad. En el momento justo en que me despedía y reprimía el consabido apretón de manos, me dijo:
—¿Jugamos?
—Claro, hombre, después del café, mi cuarto es el diez y mi extensión es la 1492.
—Me llamo Rolando.
—Miguel, un placer. Una presentación tardía, pero segura.
—Cuando tenía que ser, fue.
Me retiré analizando la construcción de la oración. De inmediato pensé en las razones por las que ese anciano me simpatizó. Llegué a mi cuarto, Bernabet repasaba el poema que recitaría la noche de talentos; me arropó la invisibilidad. Me recosté para leer el libro de Ítalo Calvino que tantas veces había empezado, cuando sentí un aleteo en la ventana, era una lechuza blanca que parecía adelantarse a la noche. Me recosté de nuevo y como es usual me quedé dormido hasta que el timbre del teléfono sonó. Era él.
—Miguel, ¿dónde jugamos?

—Vamos a la biblioteca.

La tarde se evaporó como el agua de las fuentes pequeñas. Descubrí a un contrincante divertido que precedía cada movimiento de la reina con una historia y un aforismo para los movimientos del rey. Fui yo quien se rindió después de percatarme de que él no mostraba el mínimo indicio de cansancio, en el momento que le había dado un jaque en el tablero y él me daba un mate en el corazón, ¿será que se ama más rápido cuando uno piensa que ha olvidado como hacerlo?

Llegué a mi cuarto cansado de sentir cosas que hacía décadas había enterrado; alguien que pensaba en algo más que las operaciones de pecho abierto resucitaba sensaciones que me activaban el apetito y cincelaban en mis labios una nueva sonrisa, o mejor aún, una sonrisa postergada por el intenso tráfico de los atardeceres rutinarios.

Esa noche no se presentó a la cena así que decidí buscar en mi armario unos chocolates belgas para llevárselos. Toqué a la puerta pero no contestó, insistí ante la posibilidad de que algo le hubiera pasado. Después de unos instantes, salió arropado por los vapores del agua caliente y una toalla aterciopelada. Me pareció que estaba en el Monte de los Olivos y que presenciaba una segunda transfiguración. Ante la aparición sólo atiné a decir:

—Te traje chocolates.

—Gracias, pasa hombre.

Entré a su cuarto asustado, intuyendo, presagiando, pero en definitiva seguro de que quería hacerlo.

—¿No cenas? —pregunté, mientras evitaba mirarlo al pecho.

—Me tomé un Ensure, no me gusta la gente, prefiero a los amigos.

Sentí que me comenzaba a considerar su amigo y me sonrojé. Abrió con premura la caja de chocolates y mordió tres, hasta que encontró el que le gustaba. Se tiró en la cama a comérselo en bocados lentos. Con los ojos cerrados aspiraba las esencias que genera el cacao.

—Esto es vida —dijo aún con los ojos cerrados.

5 minutos para ser infiel

–Bueno, no te molesto, si quieres baja a la sala de proyección, van a presentar el Decamerón.

–Me encanta esa película, en media hora estoy allá.

Me retiré obligado por mis valores, no sin antes disfrutar cómo su piel recién lavada adquiría un color rosáceo. Con disimulo introduje las manos en los bolsillos para evitar que se me notara cerca de la cremallera el evidente levantamiento de mi hombría impulsada por primera vez por otro hombre.

Me detuve en mi cuarto para lavarme la cara. Nunca antes había pensado que algo así pudiera pasarme, porque soy un hombre completo; toda la vida he rechazado cualquier indicio de mariconería, el mínimo vestigio de patería enmascarada. Soy un experto en detectar plumajes escondidos. Siempre he condenado a los que, aun casados se meten a los baños de los centros comerciales y se abastecen de imágenes de pingas para luego llegar a sus casas y repasar los recuerdos mientras tienen sexo con sus mujeres. Nunca, y digo nunca, había mirado a un hombre con otros ojos que no fueran los de un compañero de trabajo, familiar o amigo. A esos, a los que patinaban después de la segunda copa, los que se la pasan mirándote la entrepierna o se les escurre la mirada cuando ven unas nalgas masculinas abundantes, a ellos siempre los había censurado. Para mí eran sólo una cartera organizada de chistes, de ademanes exagerados para describirlos, ellos eran mi afrenta y ahora, en pocos intervalos me convertía en uno. Era como si cada palabra dicha retornara como un boomerang a mis oídos. La vida jugaba conmigo; en esta época de oro cuando los resabios y las consideraciones controlaban cada unos de mis actos, ahora, cuando cuidaba el nivel de colesterol, del azúcar y el tiempo de exposición al sol, pero, ¿quién se preocupa por los rayos ultravioleta cuando la noche está cerca?

Antes de comenzar la película, me senté en la sala de los fumadores para escuchar las interminables tertulias políticas, la inminencia de una estadidad o un golpe de estado. Escuché de nuevo el aleteo de la lechuza, pero no pude distinguirla detrás de las cortinas de seda cruda que adornan la sala. Me aislé de todos, de nuevo invisible; para los viejos es fácil, basta con cerrar los ojos y aparentar que soñamos, porque si algo se aprende con los años es a respetar el sueño ajeno, es que la vida, la vida es sueño y los sueños ¿sueños son...?

Recuerdo que éramos cuatro personas en la sala, tres de ellas roncaban, y yo, ansioso, miraba a la puerta para divisar la llegada de mi nuevo amigo. En el momento en que comenzaba la película apareció Rolando, ataviado de alivios, taconeando alegrías y sevillanas que se acompasaban con latidos: mis latidos.

–Lo siento Miguel, buscaba un calendario con las fases de la luna –dijo excusándose.

–Hombre, que recién empieza –le dije conciliador, como si no me hubiese importado la tardanza.

Después de unos instantes me susurró:

–¿Tu señora?

–Ella está viendo la novela de las nueve, que es la misma novela de las ocho, pero con otros personajes, y que a su vez es igual a la novela de la una, pero con otros personajes y otros acentos.

Le arranqué su primera risotada. Nos concentramos, él en la pantalla y yo absorto con su aura blanca; él, vestido de caballero y yo completamente desnudo de mis controles. Sin percatarme rocé su pierna con la mía, al sentirla cruzó la suya, esta vez con disimulo. Poco después apareció Bernabet para decirme que se retiraba, llamé a Rolando para presentárselo. Ella, bajo los efectos de la imprescindible Xanax que la ayuda a dormir, apenas le hizo caso. Los créditos de la película comenzaron a aparecer. Sólo quedábamos Rolando, el insomnio y yo. Decidimos caminar por el jardín para disfrutar de la luna llena. Luego de los silencios que preceden las elucubraciones nuevas me preguntó:

–¿Qué tal el matrimonio?

–El matrimonio es como una prisión con el portón abierto: puedes escapar, pero estás tan cómodo con las costumbres que te aterra pensar en hacer un cambio –contesté tratando de ser gracioso.

–No digas eso, ya quisiera tener a mi esposa viva. Yo comencé las pérdidas desde chico. Mamá nos abandonó a mi padre y a mí.

–Curioso, mi madre murió cuando yo era pequeño.

–A mí me crió papá. Él era un hombre extraño, que después de la partida de mamá, lo dejó todo, me subió al carro, y se alejó a toda carrera de la casa. Murió loco, veía sangre en todas partes.

Las coincidencias resultaron interesantes. Hubo un silencio que rompí con mi teoría sobre la ancianidad.

–A mi edad, y después de un ataque en el corazón, sólo necesito una compañía que pueda marcar el 911 si me pasa algo, o en el peor de los casos, que no permita que pase más de ocho horas si muero en el sueño. Pero, en realidad, quiero morir cerca de alguien a quien le simpatice –contesté mientras le daba un tono gracioso al planteamiento.

En ese momento, Rolando se puso serio para decirme:

–Hay que buscar en el medievo de nuestras relaciones para encontrar el recuerdo de los primeros besos. Ahí está el amor, escondido en los oscuros laberintos de las memorias que han sido sepultadas por el cieno de la dejadez.

Analicé con incredulidad lo que me dijo. Poco después decidimos retirarnos con un simple hasta mañana. Llegué a mi cuarto con la inquietud de recuperar a mi Dulcinea, pero grande fue mi desilusión cuando encontré a Bernabet tiesa y una capa seca de la última crema de Lancome en el rostro. La miré con resignación mientras me preguntaba, ¿qué encantador infame convirtió a mi princesa en esto?

La mañana siguiente nos llamamos temprano para encontrarnos en la piscina. Yo aparenté que era común para mí el ejercicio, aunque la realidad era que sólo había usado la piscina en dos ocasiones. Rolando llegó vestido de soles, corrió y se tiró como todo un profesional. Me quedé en el borde ante el temor de que el agua me causara una pulmonía.

Después de cruzar la piscina dos veces se me acercó para preguntarme:

—¿Cuántos hijos tienes?

Había comenzado a acostumbrarme a las preguntas extrañas que son lanzadas después de intervalos silenciosos, así que pensé un instante y le contesté:

—Dos, una joven que padece del déficit de atención moralista, o sea que es moralmente distraída, y el mayor, un hombre inteligentísimo que sabe de cibernética, sabe de política, sabe de leyes, en fin sabe tanto que sabe a mierda.

Rolando repitió una de sus mejores sonrisas.

—Yo sólo tengo uno. Nos queremos mucho, pero no quiero hacerle daño.

—¿A qué te refieres?

Ignoró mi pregunta y prosiguió nadando la superficie y desprendiendo los diamantes que se esconden en el techo de las aguas. Poco después llegaron los participantes de los acuaeróbicos: ocho personas con la piel divorciada de las carnes, con bañadores de diseñadores, protector solar 85 y el peor sentido del ritmo que jamás ha existido.

Los siguientes días sirvieron para acercarnos aun más, siempre con la precaución de no tocarlo, con el miedo de no destilar mis sentimientos a través de miradas delatadoras y sonrisas estúpidas.

A veces analizo lo que siento, quizá se deba a un cambio hormonal, o a un germen que tenía latente y que se activó cuando menos lo esperaba. Busco una explicación científica, kármica, humana, pero no llego a obtener conclusiones, y los pocos vestigios de lucidez se pierden en el eco de una conciencia que me repite sin cesar: pato, pato, pato... De nuevo siento el miedo que sentí cuando busqué el grillo que salvó a mi padre. Me parece escuchar el cua cua de las aves en el estanque, tan burlonas como la lechuza, aunque un poco menos cruel que mi conciencia.

El domingo pasado me puse a mirar a los hijos que vinieron a cumplir la cuota con sus padres. Era un catálogo de hombres guapos que para nada lograron impresionarme. Descubrí entonces que mi homosexualidad es selectiva, exclusiva para el viejito del aura blanca.

Durante estas tres semanas no he necesitado píldoras para dormir: este sentimiento, en vez de quitarme el sueño, me ayuda a conciliarlo. No he querido masturbarme pensando en él, por respeto a su desconocimiento de mis quereres y para que no se ensucie la pureza de este amor, que hasta ahora me parece unidireccional, pero aun así ocupa todo el almacén de mis sentimientos. Ayer me encerré en el baño, desnudo me acerqué al espejo, pude ver mis arrugas, lo pelos largos en la nariz y en las orejas, las manchas de sol, mis labios finos escondidos. Respiré profundamente, y mi aliento se condensó en el cristal, me convertí en una silueta, en un hombre nuevo. Hice un ademán para saludarme, sonreí y me acerqué para besarme con el espejo y observar como me vería si besara a ese otro hombre. Cerré los ojos mientras sentía el frío del cristal, pero los espejos no devuelven las caricias, abrí los ojos de nuevo, él otro yo se había ido y de nuevo me encontré solo.

Rolando comenzó a tener una actitud extraña hace tres días, habla incoherencias acerca de la luna, de su mujer, de su hijo. Deduje que tenía que ver con la cercanía del día del amor porque los días feriados son terribles para las ausencias. Así que me limité a escucharlo y a escudriñar el calendario ante la proximidad de la luna en su etapa creciente, fase que lo aterraba. No logré convencerlo para que asistiera a la fiesta de los corazones. Dejamos de jugar ajedrez. Me limité a acompañarlo mientras observaba la luna empequeñecerse y el nuevo amor en mi pecho convertirse en gigante.

Ayer me encontré con un Rolando desencajado que me hizo señas para que lo siguiera, y yo, obediente como un galgo, le seguí hasta su cuarto. Cerró la puerta y con solemnidad me dijo:

–Necesito un favor.

—¿Sí?
—En los próximos días no quiero ver a nadie, quiero estar solo.

Para mí fue difícil aceptar la petición. Accedí con una media sonrisa que se confundía con las huellas que el tiempo ha tejido en mi rostro. Decidí retirarme, pero antes de salir tomé un sorbo intermitente de aire y le pregunté:

—¿Te pasa algo?

Con firmeza contestó:

—Nada, de verdad, nada.

Entonces fui yo quien quiso estar solo. Me refugié en el jardín japonés, entre nenúfares, bambúes y un gazebo amplio y agradable. Tenía en el paladar un viscoso gusto a amargura mezclado con la picante sensación de haber hecho el papel de tonto. De pronto apareció el ave blanca en el borde de una de las ventanas, parecía una estatua de arcilla con ojos burlones que me gritaba: maricón.

※

No he regresado al jardín por temor de encontrarme con el ave nefasta. Estoy en el redondel mientras recibo a los invitados que nos acompañarán. Todo está listo para la gran noche "del Amor" que celebraré con los ciudadanos fantásticos y Bernabet, quién está embalsamada de luces artificiales que contrastan con lo opaco de sus ojos que parecen no mirar. El salón está impecable, la servidumbre atiende a los requerimientos de los comensales: un poco más de sal, menos picante, demasiado tostado, ahora caliente, después frío, quejas, más quejas y encomiendas infantiles que son aceptadas por los criados que intentan disimular el acento tan arraigado de su país de origen, tan molestoso para la alta sociedad de la fantochería.

Después de la cena, me refugio unos instantes en la terraza donde jugábamos. El cielo está cubierto de nubes hinchadas. Regreso con dificultad a la celebración porque es pesado andar cuando se está vacío.

Comienza la actividad de los talentos. Bernabet recita como si leyera una esquela. Luego la pareja de Fournier y Casaquilla bailan un chachachá de salón con la misma gracia que lo hubieran hecho dos maniquíes de Macy's. Le toca el turno al expresidente del Colegio de Abogados, el licenciado Marentiaga interpreta una ranchera. Trato de concentrarme, aplaudir con cierta fuerza para que me escuchen los que aplauden con artritis sólo para lucir distinguidos. Marentiaga viene vestido con la toga de abogados y todas las medallas que recibió a través de sus años, metales a los que las pátinas les han enmascarado el brillo, y que, al igual que las glorias, se transforman en lata inservible. El mariachi comienza un preludio triste, lento, fúnebre, luego entra el barítono, quien alarga las sílabas y pronuncia tres veces cada ere:

YO QUIERO LUZ DE LUNA, PARA MI NOCHE TRISTE...

...y qué triste noche sin mi amigo, la gente dormita en el vaivén de la melancolía, Rolando está distante, quizá me necesite,

PARA PENSAR DIVINA LA ILUSIÓN QUE ME TRAJISTE...

...ilusión que me resucitó por un instante a la vida, Bernabet se acerca a mí,

QUE AL MENOS TU RECUERDO PONGA LUZ SOBRE MI BRUMA...

...¿para qué quiero una luna?, ha comenzado a llover, una secuencia de relámpagos ilumina el lugar...

YO SIENTO TUS AMARRAS COMO GARFIOS COMO GARRAS...

...son barrotes suaves que se introducen en mi espalda y me mantienen erguido, el viento sopla fuerte...

De pronto falla la energía eléctrica, las luces parpadean hasta apagarse por completo, la orquesta deja de tocar. Algunos de los pobres, limitados y enfermos huéspedes comienzan a gritar, yo

aprovecho el momento de confusión para correr al cuarto de Rolando. Aparecen los sirvientes con velas y linternas. Toco la puerta apresurado. Los truenos retumban en las paredes.
–Abre –grito.
–Vete.
–Si no me dejas entrar llamo a la ambulancia.
Después de un instante interminable abre con lentitud y se refugia en una esquina.
–Déjame solo.
Cierro la puerta y con firmeza le digo:
–No me voy.
Desesperado suplica:
–¿No entiendes? Llamo a la muerte.
Con paternalismo respondo:
–Déjame buscarte un tranquilizante.
–Llevo días que no puedo dormir. No sé estar sin mi mujer. Lo he intentado todo, leer, hacer ejercicio, ir al cine, pero nada me llena. Veo a la gente, tan viva, alegre, las parejas tomadas de la mano y la recuerdo, la tomo de la mano, camino con un fantasma, converso con ella, pero cada día se difumina su rostro. Siento todos los dolores, pero la muerte no llega, para encontrarla de nuevo, y si no hay vida después de la vida, para descansar de la pesadilla de sentirla cada vez más lejana. Lo tengo planeado, voy a adelantar el viaje, la gente no se preocupa cuando uno amanece muerto, es natural.

Delira, debe ser una fiebre, llamaré a emergencias. De pronto el aire arrecia, los truenos se hacen más fuertes, y la mirada de mi amigo se torna perdida. Se percata de que voy a buscar ayuda y me dice:

–La peor muerte es no estar con ella y presentir la llegada de la senilidad, el olor a orines que no se enmascaran con perfumes, la posibilidad de quedar convertido en vegetal, quemándome en vida, con llagas que se comen la piel y se combinan a la perfección con la mierda, el calor, la piel quebradiza y los capilares rotos. Me quiero morir, déjame morir.

5 minutos para ser infiel

Extiende sus manos y cierra los ojos para volver a gritar:
—Vete.

Espero unos instantes y le digo:
—Si fuera a elegir el último paisaje que vean mis ojos de seguro quiero que sea la profundidad de los tuyos. —Hago una pausa para aclarar mi garganta.— Estoy más vivo que nunca porque me has resucitado.

—¿Yo? —Hace una pausa para digerir la incredulidad y contesta—. Tu presencia es agradable, pero no suficiente.

Qué dura es la realidad. No puedo evitar compungirme.

Rolando se percata del efecto causado por sus palabras, entonces comienza a deambular en la frontera fina del llanto y la risa para correr hacia mí y cubrirme con el más intenso de los abrazos. No sé cómo reaccionar, los truenos siguen, aparece la impertinente lechuza en la ventana, levanto las manos para no ofenderlo con un roce equivocado. Él acomoda su cabeza en mi pecho y me dice:

—Perdóname, es que la extraño tanto.
—Así son las ausencias.

Siento su dolor. Hace una pausa y me susurra:
—No me dejes solo.
—Soy yo el que ya no está solo.

Cansado de reprimir las emociones cierro los ojos para aislarme del entorno. Contesto su abrazo con otro más fuerte que me lleva a besar sus cabellos. Su aliento entibia mi pecho tan frío como las madrugadas sin esperanzas. Se ha quedado sosegado. Me parece sentir un tímido beso en el cuello. Afuera la tempestad sigue, en mis adentros todo es calma. Puedo ver en el espejo nuestras figuras abrazadas, y me reconozco. Respiro mejor que nunca, tengo espacio suficiente para el aire y para los latidos. Miro a la ventana y observo a la última de mis inhibiciones convertida en una lechuza tan blanca que parece plateada. El ave de rapiña se escapa para nunca más volver y en su aleteo, esparce rayos de luz que matan las sombras de mi luna negra.

El ritual de la cruz

Se hacía llamar Srta. Emily, porque estaba enamorado del personaje de Faulkner. Quería ser como ella, con un pueblo pendiente de su vida, de cada traje que usaba, pero sobretodo, de sus imitaciones. Temprano en la juventud, comenzó a vestirse de mujer. Algunos comentan que su padre murió de un derrame cerebral cuando lo encontró en el cuarto, usando los sostenes que había robado del cuarto de su madre. Bailaba frente al espejo con tacones y pintura en los labios; sostenía la punta de una toalla entre las nalgas y meneaba las caderas como lo hacían las bailarinas del cine de oro mexicano. Si bien fue cierto que lloró la muerte de su padre, el sentirse descubierto lo eximió de complejos. Poco después que terminara el luto, se presentó en la plaza pública transformado en una mujer, con una ropa parecida a la que usó Sara Montiel en la última escena de *La violetera*, turbante blanco, blusa de raso con mangas ajustadas, cinturón negro y una falda color arena.

Su aparición fue demasiado grande para un pueblo chiquito. La gente le gritaba toda clase de insultos, pero él, digo, la señorita Emily, caminó como si disfrutara la atención que le brindaban los hombres. Subió a la plazoleta y cantó:

Como aves precursoras de primavera
En Madrid aparecen las violeteras
Que pregonando parecen golondrinas
Que van piando, que van piando...

La madre, quien todavía se recuperaba de la muerte de su esposo, llegó a la plaza antes de que lo lincharan los muchachos de Talingrado y Tablestillas. Durante un tiempo la mujer lo encerró en la mansión donde vivían, pero luego de varias semanas de confinamiento, y, ante la soledad que le había causado la ausencia de su esposo, se acercó al muchacho y estableció una relación de complicidad con él. Le prestaba sus cremas, coloretes, peinetas y refajos.

Prepararon una capilla para efectuar sus misas; de esta forma, evitaban las miradas conspiradoras de los feligreses y, mantenían la relación con la fe católica que por generaciones habían practicado.

El tiempo pasó, y la madre adquirió una dolencia imprecisa que los médicos no pudieron curar. En sus momentos de agonía le decía a la señorita Emily:

-Nunca olvides que la cruz puede salvarte.

Emily heredó la fortuna de la familia que incluía la casa amarilla que se encuentra antes de la curva final del solitario camino de las Arandelas. La casona está bordeada por una verja de hierro cuyos portones son custodiados por gruesos candados de bronce decorados con osos agresivos, que el tiempo pintó con suaves pátinas turquesa.

Después de cuarenta años, el césped sigue impecable, y precede con timidez a la residencia. Las ventanas tienen cristales que el tiempo ha esmerilado y sirven para filtrar la luz exterior.

La señorita Emily vive en la casa, pero ahora nadie la ve en las actividades sociales del pueblo, en las que, por años, fue el entretenimiento principal. Se le adjudicaron decenas de amores con prominentes figuras de la política, profesores y jueces.

Las mujeres la miran con desprecio. Por su parte, los hombres, han perdido la curiosidad que le causaba como "mujer" para sólo considerarla motivo de burlas. Se convirtió en el premio de consolación que nadie quería, en la exageración de lo improbable, en el chiste obligado del final de una borrachera; la más espeluznante de las probabilidades.

El tiempo ha decolorado sus sueños de ser un travesti internacional, tanto como transformaron su piel rosada, en una capa blanca, transparente y mustia. Ya no le queda ningún rastro de ilusión de que alguien, incapaz de ocultar su placer, llame a la puerta de su casa un día. Mantiene los peinados que exhibía en la juventud: una exuberante ensalada de postizos crespos y rizos largos, sobre la cabellera ahora canosa. Sólo la acompañan dos perros feroces que muchos aseguran satisfacen las necesidades afectivas de la solitaria mujer. Son vigilantes que evitan los posibles robos de la no muy pequeña fortuna, guardada en los baúles de los áticos.

No tiene servidumbre y desde hace cinco años, sólo Manuelo, un jardinero indocumentado, la visita una vez a la semana. El muchacho está sobrepeso, es fuerte, carece de inteligencia; sin embargo mantiene los alrededores perfectos.

Además de los ladridos y la poda semanal, lo demás en la casa es silencio mezclado con olores a alcoholado, a ungüentos y a lavanda. Un constante e inaudible quejido se apodera de los pasillos.

En ocasiones, y sólo en las noches de luna llena, por alguna ventana se puede ver a la señorita Emily, fantasmagórica, con la cara y el cuello pintados con capas gruesas de polvo blanco y una gastada y remendada bata de encajes rosa.

<hr>

La noche avanza paralela al insomnio. El viento sopla en espirales. Ella mantiene la lamparita de cristal de murano encendida. El teléfono lleva cuatro años descompuesto. Todo está oscuro: la luz se ha ido de nuevo.

5 minutos para ser infiel

    Los perros ladran por un instante, de súbito, un silencio inquietante. Ella se levanta y se pone la bata de encajes con decenas de remiendos. Agarra la lamparita y camina por el pasillo inundado de sombras. Al pasar frente a la pequeña mesa de caoba negra, la luz ilumina la cruz de bronce antiguo que había heredado de su abuela.

    Se persigna con reverencia y acomoda la pesada cruz en el centro, justo al lado de las fotos de su abuela y de su mamá. La cruz está deforme por las muchas caídas que ha recibido a través de los años. Recuerda las palabras de su madre; "La cruz puede salvarte".

    Siente pasos. Detiene la respiración. El aire comienza a soplar con fuerza. Los perros no ladran. Divisa una sombra al final del pasillo. Intenta correr al cuarto pero se enreda con la exuberante tela de su bata rosa. Cae de rodillas frente a la cruz. Los pasos del intruso se aceleran, retumban. No puede gritar porque siente el peso del hombre sobre ella. No le ve la cara. En un momento de debilidad de él, logra escaparse y gatea hasta la mesita de caoba para alcanzar la cruz y defenderse, pero la figura cae al suelo fuera de su alcance. El hombre retoma su poderío.

    El intruso rasga la bata, muerde el cuello con fuerza. Ella siente el aliento cargado de hombre. Forcejea, pero él la domina. Le hala el cabello, le saca los postizos, rompe con furia la ropa interior y la deja desnuda, con su genitalia aplastada por gruesas cintas adhesivas plateadas. Entonces la posee con rabia, de un solo golpe atraviesa el ano. Los perros entran a la casa, olfatean a la pareja, le pasan la lengua a su dueña y contagiados por los olores a sexo, se enfrascan en una orgía canina sobre la señorita Emily, mientras ella se entrega en una extraña posición en la que mantiene el pecho sobre el piso, y la pelvis levantada con las nalgas caídas.

    El hombre se incorpora con rapidez después de un rato de contorsiones y quejidos.

    -¿Dónde dejo la llave, señorita Emily?

Ella se levanta dejando un hilo de saliva pegado al suelo y contesta con voz temblorosa y quebradiza;

-En el tiesto verde.

-Nos vemos la semana que viene, hay que cortarle algunas ramas al sauce.

La señorita Emily no contesta, pudorosa se cubre, besa la cruz con una nueva reverencia y la coloca entre la foto de la abuela y la de su madre. Entonces regresa al cuarto rezando un Padrenuestro mientras se sienta a remendar la bata de encajes rosa.

Narciso, vísteme a la santa

> *"Dios está en todas partes,*
> *Dios está en el coño de las mujeres"*
>
> Ernesto Cárdenal
> **Telescopio de la noche oscura**

Naciste para vestir santos. Desde el vientre de tu madre presagiaste una vida de tristezas intensas, contrastes abismales y patetismos risibles, cuando no diste señales de vida y formaste en ella una barriga extrañísima que provocó las miradas de todos los que la conocían. Ella, por su parte, no soportaba ningún comentario negativo ante el abandono de tu padre y mucho menos con relación a su atípico estado de gestación. Se refugió en ti y esperó a que su marido volviera impulsado por el remordimiento de su próxima paternidad, empujado por la bayoneta de las culpas, arrepentido, conciliador. El balcón era el estrado en que promulgaba sus esperanzas y suspiros, asentadas en el musgo transparente que cubre las piedras humedecidas por las memorias felices. Mantuvo una mano sobre la barriga que no se movía, una barriga que parecía repleta de aguas estancadas, cubierta de una piel que se estiraba como mortaja silente. La otra mano la tenía sobre el corazón que latía en cada instante acompasado por el tictac del reloj, un tictac estridente que se le atragantaba con cada hora, minuto y segundo cuando no veía a nadie llegar por el camino y cuando no sentía la esperada patada tuya, movimiento que jamás quisiste hacer.

Decidió que nacieras el veinticuatro del noveno mes, una noche de luna negra. En las horas tempranas de la mañana se había asegurado de lavar todas las sábanas, hervir las tijeras y llamar a la comadrona. Durante el parto no hubo gritos ni pujos ni sudores que evidenciaran cansancios extremos, no hubo peluches, ni cunitas adornadas con encajes, mostacillas, canutillos o lentejuelas. Su único abrigo fue la oscuridad que se acomodó con desfachatez en cada esquina, debajo de las mesas y cerca de las pestañas inferiores de la nueva madre.

Al verte, la comadrona alzó las cejas en inequívoca reacción a tus extrañezas físicas: tus ojos amarillos, tu nariz pequeña, tus labios finos. No necesitaste la consabida nalgada para respirar; por el contrario, te estiraste con lentitud y abriste un poco más los ojos, que parecieron irradiar rayos de luz. Después de cortarte el ombligo, la comadrona se alejó del lugar convencida de claudicar al oficio que había practicado por los pasados cincuenta años.

No llorabas. Te conformabas con mamar tres veces al día y el tiempo restante dormías plácidamente, ajeno a la moira que te esperaba. En ocasiones, te quedabas absorto mirando un punto en el techo, la sombra de las ramas proyectadas en la pared o algún cucubano extraviado. Tu madre te arrullaba con cantos nuevos que se perdían en la casa localizada en el suburbio del norte del barrio El Encanto de Guaynabo.

Creciste con relativa normalidad hasta los cuatro años, pues una mañana, sin explicación aparente, amaneciste con el cabello blanco y tus pocas sonrisas se convirtieron en arrugas permanentes, líneas de expresión que sólo se aplacaban cuando llorabas. Por alguna razón el incidente no impresionó a tu madre, quien comenzaba a presentar la sintomatología de una enfermedad crónica: tos, fiebre, enrojecimiento del cuello, espasmos en el vientre. Sin embargo, y sobreponiéndose a su condición delicada de salud, te crió como el hijo de un magnate. Ante sus ojos adquirías facciones hermosas, piel lozana, labios gruesos y cabellos rubios, aunque de sobra sabía que tu apariencia podía parecerle repulsiva a los demás. Por eso te mantuvo escondido los primeros años, para protegerte de la burla, del rechazo, del dolor que causa la saña, la opresión que apolilla la alegría cuando se encuentra de frente con la barbarie siempre latente en la humanidad.

La salud de tu progenitora se desvanecía lentamente. Día a día tomaba pequeños sorbos de vida para sobrevivir, con urgencia se mojaba el rostro con aerosoles del amor que te tenía para levantarse de nuevo y hacerte un desayuno espectacular adornado con margaritas y tostadas cortadas en forma de estrellas; mientras tú la mirabas como se mira a los gigantes, admirándola y fijabas su figura en el acero inoxidable donde se graba la imagen de una buena madre.

Intuyendo el desenlace, te sacó del encierro protector justo cuando cumplías los diez años. Llegó a la iglesia e insistió en que el padre Romualdo te bautizara. Como no tenías padrinos, le imploró al sacerdote para que fungiera como tal. Ante su desesperación, el hombre accedió, persignándose mentalmente cuando te vio y percibió detrás de tu madre una sombra brumosa de contornos difusos. En el momento de terminar la fórmula que sellaba el bautismo, tu mamá cayó al suelo. Corriste a su lado chorreando agua bendita. Ella sólo atinó a decir:

—Narciso, en algún lugar del mundo hay alguien perfecto para ti.

De inmediato cerró los ojos y expiró. Te quedaste solo, sin comprender sus palabras postreras, ni mucho menos el porqué, precisamente en la casa del padre celestial, te habías quedado huérfano. Las exequias fueron tan sencillas como poco concurridas, sólo el eco de tu llanto se interpuso entre el Ave María y el sonido del viento. La enterraron en una fosa cedida por una de las feligreses más dadivosas. Tú caminabas solitario, sin pecado concebido, sin pecado echado a la vida, lleno de gracias, vacío de esperanzas, el señor es contigo, pero te sentías

5 minutos para ser infiel

más solo que nadie, ruega por nosotros, rogabas por su alma, rogabas por su espíritu, rogabas por tu madre.

Llegaste a la iglesia, a tu cuarto, a tu nueva realidad, no podías dormir y te pusiste a caminar por los pasillos desiertos, mirabas a los santos y la gran bóveda. Tratabas de encontrar las oraciones de tantos en el techo, y descubriste que las plegarás de los buenos y de los malos se habían quedado en los bordes de las pechinas: las súplicas de fe y las oraciones vanas flotaban junto con las tuyas convertidas en yeso suelto, en pintura gastada que se queda suspendida en las telarañas.

Ante la ausencia de familiares y la desaparición de tu padre, la Arquidiócesis de San Juan se quedó contigo el tiempo necesario para que tu casa pasara a ser propiedad de la iglesia en una donación que jamás fue objetada.

Terminaste los sacramentos y formaste parte del séquito de monaguillos. Sin importar la tarea que desempeñaras, el sacerdote te pedía que te quedaras en una esquina para evitar las miradas de todos. Aun así, los niños se acercaban al púlpito para ver al anciañino, apodo secreto con el que te llamaban. Como es usual comenzaron los comentarios entre los parroquianos. Algunos aseguraban que eras hijo del cura, otros observaban con recelo ante la posibilidad de que el sacerdote fuera un pederasta que se estuviera aprovechando de ti. Tu presencia sacó de la rutina a muchas familias de la comunidad, los expulsó de la monotonía de unas vidas insípidas y de alguna manera los motivó a pensar en forma creativa al punto de argumentar sobre la posibilidad de que fueses un extraterrestre. Fuiste la materialización de lo improbable que da pie a hipótesis de vida después de la vida, vida en otros planetas y hasta el resurgir de sectas satánicas en la ruralía.

Todos hablaban de ti, eras el motivo de burlas hechas siempre desde una prudente distancia ante la posibilidad de que tuvieras un poder mortal latente que se activara ante un desagravio. Se preocupaban por todo, menos por tu bienestar. Pero al pasar del tiempo, dejaste de ser novedad y te convertiste en una especie de mariposa nocturna que se posa en una lámpara y termina siendo parte del decorado.

Por su parte, el sacerdote no le prestó mucha atención a los chismes; primero porque le eras útil en demasía para los quehaceres domésticos, los mandados y las recolectas; pero, sobre todo, porque sabías guardar silencio sobre las actividades extracurriculares del cura, quien por las noches subía alcohólicos y drogadictos que deambulaban por la periferia para, después de bañarlos, divertirse con ellos. En una ocasión te escondiste en el armario para ver como tu mentor se arrodillaba frente al seleccionado y le ordenaba que le pegasen, duro, más duro, hasta que la región glútea adquiría una tonalidad que él llamaba cherry bottom. Al final de la sección que podía contener flagelaciones, juegos con exuberantes dildos de goma e impresionantes dilataciones anales, el sacerdote sacudía los sobres que le donaban para pagar por el servicio sexual.

Con disimulo intentaste disuadir a los donantes menos agraciados, sobre todo a las ancianas que esperaban el cheque del seguro social para, después de cambiarlo, reservar una parte destinada al enviado de Dios en la tierra. Sabías que algunos minimizaban riesgosamente la cantidad de medicamentos para aportar más a la obra del Señor, y el señor que administraba la parroquia los utilizaba en cigarrillos, bebelatas y películas pornográficas. Ellos nunca entendieron el mensaje que les trasmitías cuando, al entregarte el sobre con las promesas económicas, les preguntabas por su salud o por su condición financiera. Te miraban y después miraban al cielo mientras repetían Dios proveerá… El Señor es primero… Dios todo lo puede…

Con el tiempo la gente se acostumbró a ti, y tú, en silencio, te acostumbraste a observar la vida desorganizada de un hombre que partía el cuerpo de Cristo con los dedos impregnados de semen seco y residuos de cocaína en las uñas, un hombre que ofrecía la sangre de Jesús en el cáliz con el que sus amigos se habían emborrachado.

Al cumplir los trece años, experimentaste un suceso que cambió por completo tu vida. Tenías que guardar unos candeleros antiguos en uno de los sótanos de la iglesia cuando escuchaste una voz femenina que te dijo:

–Vísteme, Narciso.

Al mirar hacia una esquina divisaste a una mujer que te sonreía, tenía el cabello largo y estaba custodiada por un manto de luz.

–¡Santa María purísima! –dijiste, mientras caías de rodillas.

–Llámame Señora de Loreto.

En ese instante, la intensidad de la luz comenzó a bajar y la aparición se hizo más clara. Tú estabas todavía de rodillas cuando ella se acercó tanto que pudiste verle el pequeño ombligo con un caminito de vellos rubios y diminutos que se perdían hacía abajo, lugar hacia donde no te atreviste a bajar la mirada. La mujer te suplicó:

–Vístenos, que estamos desnudos, aunque no sólo nos faltan ropas ya que padecemos del frío del olvido, titilamos de la apatía. Nadie nos venera, nadie nos evoca en tiempos de aflicción, somos un nombre más en el santoral, parte de una cansona letanía de la confirmación, la imagen menos mercadeable. Nuestro poder estriba en la fe y la humanidad nos ha desvestido de ella.

Al decir esto irrumpió en llanto, pero las lágrimas desafiaron la fuerza de gravedad para quedarse suspendidas en el aire y convertirse en rocío refrescante, garúa melancólica, llovizna perdida.

–¿Qué puedo hacer? –preguntaste conmovido.

La advocación virginal te tomó delicadamente por la barbilla y te dijo:

–Tallarás mi imagen y convencerás a los parroquianos de mi poder.

–Pero yo no sé tallar –respondiste con humildad.

En ese momento, las gotas suspendidas en el aire se unieron en un gran gotón que se derramó sobre tu cabeza. Ella continuó:

–Desde este instante tienes el don de la escultura, el que te servirá para vivir y ser conocido.

Fuiste inundado de un río de agua viva, consoladora y vibrante que te impulsó a llorar, mientras intentabas hablar y sólo conseguías balbucear incoherencias en lenguas extrañas. La Señora de Loreto desapareció, pero dejó en el ambiente un fragante olor a orquídeas medievales que aplastó el denso vaho del lugar.

Corriste al cuarto y te arrodillaste con los brazos extendidos, mientras se te cuajaba un irresistible impulso de buscar una cuchilla y ponerte a tallar. Encontraste una y, ante la falta de un pedazo de madera, comenzaste a tallar en la pata de la cama. Después de varias horas en las que reiteradamente te cortaste, lograste una imagen exacta a la de la aparición. En el momento que admirabas tu obra, sentiste una energía a tus espaldas. Al voltearte, viste dos hombres desnudos con las manos sobre los genitales.

–Soy San Bartolomé y mi compañero se llama San Benito. Conocemos de tu don y queremos que también nos vistas –. De inmediato desaparecieron y dejaron un olor a ron en el ambiente.

Te encontrabas confuso, con miles de preguntas sin contestar, por haber sido el elegido para vestir a los santos olvidados. Ayunaste por tres días, buscaste las imágenes de los santos en los libros antiguos de la sacristía y con esmero preparaste el sótano que te serviría de taller, el mismo lugar donde se te había aparecido Nuestra Señora de Loreto. Sacaste las telarañas, pintaste el techo y las paredes, puliste el piso, te deshiciste de los trastes viejos e inservibles y preparaste un altar para tu virgencita. En los alrededores encontraste un árbol derribado. Lo cortaste con una sierra que tomaste prestada. Luego, y en los intervalos en que el padre se ausentaba, comenzaste a trazar surcos sobre la madera oscura, líneas, rasponazos. Desprendiste pedazos, primero grandes, luego pequeños para los detalles minúsculos como los vellos semioscuros de la Señora, los que adquirían una tonalidad rubia dependiendo del ángulo de la luz y se perdían en

5 minutos para ser infiel

un montículo mullido localizado en la entrepiernas de la Santa. Después de terminarla te sentaste a admirarla, todavía desnuda, con el ombligo en la profundidad perfecta, los senos fuertes con pezones pequeños y rosados bordeados de poros sutilmente hinchados. Con San Bartolomé y San Benito el proceso fue más rápido porque les pusiste menos detalles y los cubriste con taparrabos estratégicamente localizados. Adaptaste con maestría casullas vistosas para vestir a los tres santos, ropajes que pesaban por el exuberante brillo de las piedras falsas que, aunque eran hermosas a la vista, se notaban nimias ante el contraste de la piel de la Loreto. Un sábado por la madrugada ubicaste las figuras en tres de los nichos principales de la iglesia. Los feligreses que asistieron a la primera misa del domingo se encontraron con nuevos santos, quienes de inmediato se ganaron las simpatías cuando una niña paralítica fue sanada después de rezarles. La noticia de los santos milagrosos que se hospedaban en la parroquia se esparció con rapidez en todos los sectores del campo y del pueblo. De inmediato comenzaron las promesas, procesiones y peregrinaciones.

Fue en ese momento de solemne euforia cuando te percataste de que las figuras transpiraban aceites multicolores y aromáticos cada vez que concedían un milagro. Decidiste hacerle unos canales a los santos para que el extraño líquido se deslizara en unos envases de cristal que ocultaste en las extravagantes ropas de las imágenes. Por las noches recogías los frascos para sustituirlos por unos vacíos y almacenabas los llenos en un armario con llave.

Pasaron cinco años desde la implantación del efervescente culto. El sacerdote recibía con beneplácito las ofrendas, mientras tú te mantenías encargado del cambio de ropas de los santos. El primer martes de cada mes, justo en el momento en que se exhibía el Santísimo, también se presentaba el desfile de la Señora de Loreto.

Por las tardes subías al campanario para observar a los fieles que venían en busca de sanación, felicidad o simplemente a saciar la curiosidad. Veías como llegaban compungidos con las manos unidas en señal de oración. Sus rostros reflejaban el calor del sol en gotas de esperanzas con destellos de arcoiris que se confundían con el reflejo metálico de las sillas de ruedas. Los vítores y algarabías se mezclaban con los cantos de aquéllos que no habían tenido la suerte de ser elegidos para que se manifestara el poder y la gloria de Dios.

Pero el gran benefactor de los santos se sentía solo, ninguna muchacha se atrevía a acercarse a ti por temor a esa aura enigmática y tú apariencia tan alejada de la belleza. Ante tu poco éxito con las jóvenes decidiste ingresar al seminario, pero al compartir la idea con el padre Romualdo, él te presentó una sarta de argumentos sentimentalistas y manipuladores que te disuadieron de inmediato, abdicando al refugio de una cómoda profesión por quedarte en la iglesia vistiendo santos. Consiguió el sacerdote mantenerte en los atrios y asegurar con tu presencia la misma opulencia que de los pasados años. Los santos, por su parte, volaban sobre el recinto para disfrutar del culto a sus figuras, devoción que cada día se hacía más poderosa.

❧

Te enamoraste de Adriana cuando cumpliste veinte años y ella merodeaba en los veinticinco. La muchacha también se interesó en ti. Se citaron cerca de un río; tú, dispuesto a proponerle amor y ella, lista para contestarte con el monosílabo que le asegurara la estabilidad económica. Pero la Señora de Loreto se percató del ronroneo amoroso y aterrorizada con la posibilidad de regresar al pestilente mundo del anonimato, ideó un plan para alejarla de ti.

Se encontraron cerca de las cinco. El río se mantenía quieto. Tú vestías de blanco impecable, Adriana de un amarillo claro, las nubes formaban figuras angelicales. La cita clandestina había surgido sin que mediara entre ustedes otra cosa que no fueran suspiros y miradas y en ocasiones miradas y suspiros que se

5 minutos para ser infiel

sellaban con sonrisas nerviosas. Quisiste apartarte del bullicio de las oraciones tan parecidas al zumbido de los panales de abejas. Te acercaste a ella con el mismo hermetismo que te caracteriza, en el silencio de los que saben hablarse con el pensamiento. Justo en el momento en que tus labios eran casi en sus labios, la señora de Loreto, en un acto infame, te iluminó los ojos con tal intensidad que Adriana se alejó de prisa ante la posibilidad de que su enamorado fuera la mismísima personificación del anticristo.

De nuevo te quedaste solo. Te miraste en el río, confuso, con las ganas alborotadas y los complejos tan alargados como las sombras que se proyectan en la hora nona. Estabas indignado, con todas las preguntas a medio hacer, con las sienes tamborileando sin compás y una noche que se adentraba con el canto de unos coquíes burlones, coquí que me siento solo, coquí que tengo ganas, y el río manso se vuelve bravo y piensas en los labios de Adriana, en los labios de la Loreto, en sus barbillas finas, el cuello largo, los mismos senos con pezones mágicos, el ombligo a la justa profundidad y el caminito de vellos rubios que se tornan oscuros dependiendo el ángulo de la luz, un camino que también comenzó a recorrer tu pene erecto, y el río crecido, y después los grillos, el búho sabio, la brisa intimidante, los juncos caídos, tus manos calientes sobre la cremallera que se abre tan rápido como se cierran las ilusiones, y te tocaste como se tocan los que quieren desprendérselo, alejarlo de su cuerpo, pero tu verga insolente recorrió el caminito de vellos claros que se tornan oscuros dependiendo del ángulo de la luz, y la corriente sonó por un golpe de agua provocado por algún aguacero lejano o por alguna veta subterránea que había decidido salir para sodomizar al río, y la luna apareció y se peinó donde siempre, y lloraste cuando el coquí principal hizo silencio, pero tu pinga se te reveló y no lloraba, sólo botaba babas y tú la escupiste, mientras pensabas en Adriana y la frotaste con furia, mientras la Loreto te iluminaba los ojos, y tú te retractabas el prepucio, te lo echabas hacia delante y el río crecía y sobre éste goteaban fluidos seminales combinados con saliva, y te lo pelabas y lo echabas hacia delante con tanta fuerza que los vientos se opacaron, y gritaste su nombre. Adriana, Adriana, Adriana… tu jadeo rebotando contra las piedras, Adriana dame lengua, Adriana que estoy cansado de ser de madera, Adriana que me vengo, Adriana mira como mi pinga llora lágrimas blancas que se gotean sobre el río crecido…

Regresaste a la iglesia, a la casa de un dios que te tenía abandonado, un dios tan lejano como los premios de la lotería electrónica. El lugar te abrumó por la repetida sensación de que no era tu lugar. Olía a inciensos rancios. Las velas de a dólar que se dedican al Divino Niño parpadeaban como prenden y apagan algunas estrellas que se enseñorean en las noches de luna. Intentaste conciliar el sueño y te percataste de que el dormir y el soñar están reservados para los que están vivos, y tú te estabas muriendo, parte de tu ser se perdía flotando río abajo. Tu savia dulce navegó para ser enterrada en una gigantesca tumba salada donde pasó inadvertida.

Tres décadas han pasado desde la noche del río. Has roto todos los espejos, sucumbes al encierro, estás cansado de tus santos. Cuidas al padre Romualdo en sus últimos días, después que el virus del amor lo poseyó y lo dejó tan seco como las hojas de un árbol caído. Ya no lo intentas, amar es demasiado riesgoso y la Loreto, siempre en la expectativa de cortarte las alas, suficientemente quemadas por el sol al que te acercaste hace treinta años, te susurra Narciso, Narciso, vísteme a los santos y tú respondes como un fantoche autómata, como si tuvieras una cepa del déficit de atención que sólo te provoca servir y ser útil. Pero detestas ser útil; en cambio, quisieras ser feliz, lo darías todo por ser feliz.

Tienes un cuarto repleto de los aceites de los santos, una casa lujosa, con Lladrós de todos tipos, con flores hechas a mano, flores que pueden cortarte si las tocas con brusquedad. Lo has intentado todo, hasta el solitario deporte del golf, pero nada te llena. Y no te ves porque no tienes espejos, eres un cincuentón deprimido, pero tienes el mismo rostro de cuando eras niño, eres un ángel opaco, casi invisible que rueda cada día al colapso emocional, al exceso de café, de alcohol, y al ensordecimiento causado por la risa estridente de la Señora de Loreto y el recuerdo de unos coquíes que te pusieron en ridículo.

Una tarde llegas a la casa que no sientes tuya. Vienes de enterrar al padre promiscuo y te vuelves a encontrar con lo único que te pertenece: la soledad. La soledad es un tatuaje de sombras que te aprieta los pulmones. Y te das el primer trago, el que quema, y el segundo más suave, un tercero que te causa cosquillas, un cuarto que te pone liviano, un quinto que te vuelve pesado, un sexto que te hace tambalear, un séptimo con el que todo te da vueltas y la virgen te llama, se te aparece desnuda como la primera noche; y tú la miras, pero ya no te seduce, a ti te excita la insurgencia, la rebelión, y te pegas a la botella y la botella suena con el licor que acoge tu saliva. Sientes que te odias un poco más que ayer y mucho más que un año atrás. Comienzas a transpirar odio, como los santos botaban aceites aromáticos. Quieres vengarte de la Loreto y buscas un palo de golf y llegas al santuario, tambaleas y ves a la Loreto; escuchas su risa burlona que se mezcla con el cantar de un coquí, te acercas y la ves de frente, la escupes y le gritas:

–Escúchame, madre santa, eres una abominación, me has utilizado. Contigo me siento como un árbol seco que nació convertido en hojarasca. Me negaste el amor, me quitaste lo más preciado, la posibilidad del libre albedrío para amar, porque tú sólo permites que te amen a ti, eres como todos los dioses, una asquerosidad dependiente de los fieles, eres una sanguijuela de oraciones, te alimentas de plegarias porque tú no puedes orar porque eres de pura madera, pero esta noche me vas a servir, te bajaré del pedestal en el que yo te puse, te rasgaré el vestido para chuparte los senos fríos que saben al plomo de la pintura rosa, te besaré la boca con sabor a hollín añejado y te maldeciré. Por tu culpa he cargado por años el estigma de ser un solterón que no pudo casarse por ser tonto, estúpido o maricón. ¿Cómo has permitido que me injurien injustamente? Yo, que sólo quería una mujer para serle fiel, me encontré con una tirana que crucificó mis deseos más nobles. He descubierto el secreto de la divinidad, para servirte no hace falta amarte, sólo necesito despreciarme y odiarme. Y tú me has enseñado a detestarme. Eres un demonio Señora de Loreto, y no eres santa, no intercedes: que fácil es ser santo en la tierra.

Estás desquiciado. Comienzas a golpear la figura con el palo de golf, le desfiguras la cara, le arrancas los senos y le haces un enorme agujero en el ombligo. Corres al cuarto de los aceites aromáticos y allí saltan los cristales y las gotas se unen en un gran charco multicolor. Estás tan borracho que no te percatas de que la amalgama de aceites produce un nuevo y erótico olor que se va por los pasillos, se introduce por la parte inferior de la puerta, cruza los jardines, sube por la montaña hasta llegar a una lujosa égida en donde una mujer sola intenta dormir, pero el aroma la embriaga, la hipnotiza y la obliga a levantarse para ponerse la bata lujosa de Victoria's Secret y las sandalias de Salvatore Ferragamo. Es un olor más fuerte que los miedos, más poderoso que los trescientos y Gedeón. Ella camina sin otro rumbo que no sea tu casa, sin noción del tiempo... ya no importa el peligro de la noche ni los resabios de su vida... Toca a tu puerta, pero tú estás gritándole puta a la Loreto. Ella insiste, está excitada, mete su mano por debajo de los encajes, se toca la vulva y grita:

—Buenas noches.

Tú la escuchas y reaccionas. Llegas a la puerta apoyándote de las paredes y al abrirla, te tropiezas con esa mujer sesentona y hermosa. Jadeante, ella se abalanza sobre ti y te besa; tú respondes, caen al piso, la desnudas, sabes bien cómo vestir y cómo desvestir. En un acto desesperado la Loreto te ilumina como nunca antes los ojos. Al verlos ella hace una pausa para decirte:

—Tienes los ojos más bellos que jamás he visto.

La posees con las fuerzas de un golpe de agua impulsado por ríos subterráneos. En el momento de los orgasmos gritan, y tú te recuestas en su pecho y le preguntas su nombre. Ella te lo susurra al oído, y vuelves y te pones intenso, y tu verga se pone dura, y te ríes a carcajadas, mientras ella sube y baja sobre ti... Escuchas la hermosa canción del coquí y le pasas la lengua por la barbilla fina, el cuello largo, los pezones rosa, el ombligo con la justa profundidad, el camino de vellos semioscuros que se ven rubios dependiendo del ángulo, y le abres las piernas cuando el búho ulula, y le pasas la lengua de arriba hacia abajo descubriendo el nicho donde vive el dios que ahora te echa una bendición con el aroma de los siete mares, y ella grita y tú la acompañas con un aullido que termina en un susurro:

–Bernabet, eres perfecta para mí.

En el plano lugar donde los encuentro

> *"...no sé hacia dónde voy*
> *no deseo ir*
> *a ser*
> *recuperar un alguien*
> *le digo sí sí sí*
> *viene*
> *me busca con la boca*
> *en mi lengua su sudor*
> *es dulce*
> *lo veo*
> *lo toco*
> *se mira en el espejo*
> *no tiene cara*
> *el espejo tenía tiempo de no verlo..."*
>
> Mairym Cruz Bernal

Es imperdonable que, aun con mi preparación de sicólogo clínico, no pudiera intuir que los tres nos habíamos enamorado de la misma mujer. Santiago, imposible imaginarlo de seductor, con su andar de pasos chicos, la mirada huidiza, la sonrisa a media asta, el pestañear incontrolable, mecánico: el clásico perdedor. **"La conocí en la biblioteca, o mejor dicho, la descubrí en la biblioteca. Buscaba libros de autoayuda, los sacaba y al mirarlos ponía una expresión de resignada** desilusión, como si ya los hubiera leído sin obtener resultados. Presentí que podía ser una potencial suicida. Era sin duda igual que yo, pero fue su color de piel lo que más me atrajo, tan parecido a algunas mariposas nocturnas, con un brillo mate, a veces translúcido, otras opaco: espectral..." *De Juan lo esperaba. Es perverso, la maldad convertida en belleza masculina, decidido, planificador de miradas, movimientos de cabeza, guiños de ojos y ademanes caballerosos.* "Es fácil conocer mujeres cuando hacen la fila para comprar estampillas postales. Siempre voy al correo en la búsqueda de víctimas. Me alejo de las que envían las facturas telefónicas en la estación, son tan ridículas como pasadas de moda, distanciadas de los adelantos cibernéticos. Ella era diferente, depositaba cartas de amor escritas con papel impregnado del perfume lejano de las orquídeas medievales..." *En mi caso, ella es mi cliente, poseedora de un salitre melancólico, comparable con los vapores que generan las playas en los días nublados. La primera vez que me visitó fue el día de la Virgen de la Providencia. Llegó con un holgado vestido azul celeste, el cabello lacio peinado con desenfado por alguna brisa callejera de las que juegan al escondite en los recónditos pasillos del Viejo San Juan.*

–¿En qué puedo ayudarla? –pregunté, mientras hacía un esfuerzo para que no se notara lo mucho que me había impresionado. Se mantuvo en silencio, y el tictac del reloj se apoderó de la oficina, tictac y el tiempo pasó y la consulta avanzaba, los ojos de ella fijos en una de las losetas del piso antiguo, tictac y aclaré la garganta para que se acordara de que el tiempo hay que pagarlo, pero ella silenciosa, dejó caer algunas lágrimas que parecían deslizarse en cámara lenta por una piel sólida, blanca y delicada, tan enigmática como el sollozo imperceptible que en ocasiones se le escapaba por los labios semicerrados, pegados por la resequedad. Después de un largo instante, que pareció un segundo, susurró:

–Me están persiguiendo.

De inmediato pensé, "demasiado común, un poco de paranoia mezclada con alguna droga o alcohol".

–Siento una mirada constante en la nuca.
 –¿*Puedes identificar a la persona, recuerdas sus ojos, podrías describirla?*
 –No me atrevo a voltear, sólo lo siento –. *Levantó la vista para inyectarme una buena dosis de sarcasmo envuelto en una mirada inquisidora–.* ¿Puede usted describir los ojos del miedo?
 No pude argumentar. Ella retornó al hermetismo, mientras yo me sumergía en la siempre inactivante vergüenza. Los restantes veinticinco minutos pasaron en un silencio casi ensordecedor, un silencio en el que sólo se escuchaban sus jimiqueos y el burlón sonido del reloj. El momento finalizó cuando mi secretaria me avisó que el próximo paciente acababa de llegar. Sugerí dos visitas semanales, a lo que ella accedió con un dejo de esperanza raída. Antes de despedirnos le pregunté cómo había llegado a mi oficina. Me enseñó una tarjeta promocional, de las primeras que había mandado a hacer, un modelo que hacía cinco años sustituí por uno más elegante: una tarjeta vieja en manos de una cliente nueva...

Han pasado varias semanas. Ha sido fiel a sus citas, a unas terapias en las cuales apenas habla, en las que me deja sin aliento cada vez que alguna brisa atiza su perfume en la siempre humeante hoguera de la lujuria. En la quinta sesión se me ocurrió preguntarle por la tarjeta horrible con la que me había localizado.
 –La encontré en la página cincuenta y nueve de un libro en la biblioteca.
 Supe en ese momento que el asunto era una treta. Regresé a mi apartamento en el condominio Tabor y esperé a Santiago en el plano lugar.
 –¿*Qué te propones?* –pregunté molesto cuando llegó.
 "No pude evitarlo, es tan bella. Pasa horas en la biblioteca, la sigo, me he convertido en el barrendero de sus aromas".
 –¿*No pensarás hacer lo que hiciste con las otras?*

"Ella es diferente, virginal, delicada, vulnerable: una santa".

–*Tienes que parar, la policía puede investigarte.*

"A nadie van a apresar por sacarle las páginas cincuenta y nueve de algunos libros y ponerle la tarjeta de un amigo a una mujer deprimida que en cualquier momento se quitará la vida".

–*¡Aléjate de ella! –grité.*

Santiago se esfumó al escuchar la agresividad en mi voz. Razoné, busqué una salida para alejarla del peligro. Quise llamarla para decirle que un asesino la perseguía, pero no tenía su teléfono.

Durante horas caminé por el apartamento, con la inquietud mortecina de los desolados. Intenté dormir, pero la noche avanzó, y con ella, el inclemente tictac. No esperé al orto, me levanté temprano, y llegué hasta la biblioteca que ella frecuenta. Paseé por los pasillos buscándola con desesperación. La divisé en la sección de autoayuda, pero no la llamé por temor de causarle un sobresalto insano, así que me quedé cerca, para evitar que Santiago la encontrara. Observé su belleza escondido entre unas enciclopedias. Ella tiene el brillo de las páginas laminadas que se encuentran en los libros de buena calidad, es como una figura medieval, pálida, como si se vistiera con la mortaja de un ángel. "¿Qué hace aquí, doctor?" Al voltearme vi a Santiago: él también la había encontrado.

–*Vete, o llamo a seguridad –le dije con firmeza.* "No me voy, no te atreves, mira, mira, mira lo que tengo..." *Me enseñó una daga antigua que guardaba en la página cincuenta y nueve del libro* Paradiso, *una daga con mango labrado del cual sobresalía la cabeza de un macho cabrío con ojos de zafiro, unos ojos que parecían seguirme, marcando mis pasos con el pálpito incongruente de un susto, el miedo a la muerte, el taconeo del asecho, el miedo, el siempre miedo, el tatuaje del miedo, ese miedo que tan bien provocaba la cara tonta de Santiago, Santiago niño, Santiago de las transfiguraciones, Santiago con todos sus demonios...*

"Basta, Pedro, deja la actuación exagerada, fatídica, ¿quién eres? Qué fácil es dar consejos para ayudar a las vidas de los demás... ¡Mentira! Tú no quieres ayudar, tú quieres vivir la vida de los otros, eso, sólo eso, eres un metiche, un sicólogo de pacotilla que habla de felicidad cuando no tiene idea de cómo es el bienestar. Déjame ser, yo sólo quiero algunos pedacitos de ella, para que duerman con mis mariposas nocturnas, ¿en dónde podría estar mejor que en las criptas de mis niñas?"

No permití que me intimidara, al final Santiago era un enfermo mental, de esos que chupan la energía de los que tratamos de ayudarle, así que respiré profundo, lo miré con el más avasallador de los desprecios y le dije:

–Santiago, un hombre que entierra mariposas nocturnas en cajitas de fósforos es, sin equívoco, un verdadero infeliz. ¿Me escuchas Santiago?, que eres eso, un infeliz–. Logré descompensarlo, sus ojos comenzaron el vaivén de las pupilas, el movimiento descontrolado de los párpados, los labios arrugados, hasta que la cabeza se dobló como la de un espantapájaros después de un aguacero. Corrió despavorido. En la huída, dejó caer la extraña daga. La recogí y al levantarla me encontré de frente con María.

–¿Usted, aquí?

–Sí... es que tengo que decirte algo –dije con solemnidad.

Le expliqué que quizá peligraba, que se alejara del lugar. Me miró aliviada, como si de pronto comprendiera que no estaba loca, que la sensación de asedio era real, muy real. La acompañé a la salida y la llevé al correo, pues tenía que echar unas cartas que inundaron el carro de una sutil fragancia.

De sobra sabía que había traspasado mi línea de profesionalismo, la ética se perdía en el manto de una nueva ilusión. La llevé hasta su casa situada cerca de la iglesia San José. En el momento que se retiraba me dijo que no asistiría a la cita del martes por tener que realizar unos análisis de laboratorio. De nuevo el corazón acelerado ante la nefasta posibilidad, ¿sería acaso el laboratorio en el que trabajaba

Juan? Descarté la idea, hay tantos laboratorios en San Juan, aun así le pregunté:
—¿A cuál vas?
—Al de un amigo —contestó mientras tiraba la puerta y se alejaba, dejándome aterrado ante el presentimiento de que Juan estuviera involucrado. Pero Juan estaba curado, no podía haber vuelto a las andadas. Decidí buscarlo en el plano lugar. Apareció bien vestido, impecable, la sonrisa perfecta, de una blancura que pertenecía a otra dimensión.
—¿Cómo has estado? —le pregunté.
"¡Amigo, tanto tiempo! Que bueno verte, te ves, te ves fantástico, de veras, hasta, sí, más joven".
—Dime, no has vuelto a...
"¿A mis prácticas medievales? ¡Ja! Ay, Pedro, tú no entiendes, nunca entendiste. Yo no tengo un desorden de atracción con la sangre, sólo me gusta ver cómo las mujeres que pierden mucho de su líquido rojo se vuelven sumisas, dóciles, esclavas... Y antes que me preguntes, sí conocí a María".
Sería tan fácil si fuera una pesadilla, pero no, esto era la coincidencia más tonta, lo improbable convertido en realidad.
—A ella no, te lo suplico, ella es...
"Angelical, ¿no? Recuerda que todos los ángeles pueden ser demonios".
Guardo silencio ante el exceso desfachatado de ironía.
"Déjame contarte, la encontré en el correo un día que sufrió un desmayo, pobrecita, le ofrecí mis servicios en el laboratorio, y le practiqué unos análisis rutinarios. Ella accedió a todo, como que no tiene plan médico. La citaba a las tres, y entre miedo y miedo, mareo y miedo, mareo y mareo: una gasa impregnada de Cloroformo, y el tiempo se detenía, sus ojos se cerraban, las piernas perdían la pose y se abrían con lentitud, con inocencia, y se destapaban los cofres del almizcle y los inciensos, y yo le sacaba varios tubos más de sangre, y la vena palpitaba, y como siempre se me ponía duro, amigo, tan erecto como lo debes tener tú ahora, porque eres igual que yo, un degenerado, aberrado, libidinosamente descontrolado..."

—*Basta, no lo voy a permitir* –le digo mientras saco el arma blanca de empuñadura dorada.

"Veo que te quedaste con el puñal que le regalé a Santiaguito. Supongo que sabes que estamos juntos en esto. Se la tengo prometida para que la divida en pequeñas porciones que habiten con sus mariposas muertas. No debes preocuparte por ella, si no la matamos nosotros, se matará ella solita".

Estoy inmovilizado, me comienza un incontrolable pestañear, bajo la cabeza como un espantapájaros después de un aguacero, escucho sus carcajadas, guiño el ojo. Levanto la mano, y golpeo con fuerza en el plano lugar donde los encuentro un pedazo del espejo salta directo a mi cuello, la sangre brota, comienza el frío, me arrodillo, el suelo se tiñe con quebraditas de jaspe rojo, los pedazos están convertidos en un rompecabezas con bordes irregulares, imposibles de unir, varias lágrimas surcan mi rostro, pero no me mojan, evaden el suelo para no mezclarse con la sangre, la brisa sopla, desfallezco. Me veo reflejada en un cristal rosado; otra vez la soledad. Yo sólo quería unos hombres que me amaran hasta la muerte, amores nuevos que pudiera encontrar en el espejo, pero ellos me abandonaron como me abandonaron los otros, y de nuevo quedo yo, María, la de la piel translúcida, el cabello peinado con desenfado por alguna brisa sanjuanera, la que tiene ganas de morir, de acabar con sus hombres inventados, por eso me acerco la daga antigua al cuello, y rozo el metal frío por la vena, los veo salir convertidos en borbotones de sangre que me dejan liviana, como si estuviera volando…

Causa y efecto del fetichismo de Nabucodonosor

> *"En nombre de qué sociedad,*
> *se destierran los hábitos de la escapatoria..."*
>
> Cristina Peri Rossi

Comprendió la razón de sus desvaríos sexuales. Se levantó de la silla y le pidió a la secretaria que, "por favor, si era posible", le sacara una copia a la página del atrevido reportaje. Poco después pasó al cuarto del dentista. La visita transcurrió con la esperada rapidez de siempre: la aguja, el taladro, el empaste y el pensamiento recurrente de aquel artículo de Cosmopolitan que decía:

"Un hombre puede tener una eyaculación sin tener un orgasmo..."

La premisa lo justificaba todo: el constante deseo, el ardor en la punta del glande cuando le salía el semen, la sensación de vacío que contrastaba con la pesadez de los testículos y la búsqueda de ese algo, de un nuevo e impetuoso comienzo que aplacara la desfachatada erección que tan difícil se le hacía ocultar.

5 minutos para ser infiel

Regresó a la casa. Buscó en el armario de las nueve gavetas: el santuario de sus aberraciones. La primera, en la que guardaba los juguetes de goma: los dildos, las vaginas afeitadas. La segunda, en la que tenía las películas: las de las negras, las de las exuberantes gordas, las vestidas de secretaria, las que tenían mujeres copulando desenfrenadamente con caballos. La tercera, en la que tenía las sogas, los látigos, las presillas para los pezones. La cuarta repleta de lubricantes. La quinta, con pedazos de hule para evitar que la cama se mojara con sus orines cuando jugaba a ser perro. La sexta, la prohibida. La séptima, en la que tenía máscaras y uniformes de gladiador. La octava, la del vestido de novia rasgado. La novena, por el momento vacía, en la espera de un placer aún no configurado. Todos los compartimientos le parecían aburridos. Como repetidos e insulsos le resultaban los números de sus amantes contactadas en los chats de Amos y esclavas. No sabía a que recurrir para saciarse.

Encendió la computadora y accedió al lugar cibernético. Escribió el nick que lo caracterizaba, MasterNabucodonosor. Comenzaron a aparecer las ventanitas de algunas de sus esclavas. Todas suplicantes, con una estela de recursos agotados, caricaturas repetidas y, comentarios recurrentes en las noches de insomnio. Consideró retirarse, pero entró vestida con el mayor de los misterios, una esclava llamada Reina Vasti.

De inmediato, un doble clic sobre el nombre:
MN- ¿LÍMITES?
RV- Los que mi señor imponga
MN- LOCALIZACIÓN
RV- ...
Ante un repentino silencio Master Nabucodonosor escribió:
MN- ¡CONTESTA, PUTA!
Pero sólo consiguió que apareciera el mensaje:
Reina Vasti ha salido de la sala.

Contrariado buscó el cigarro que recién había enrollado y lo encendió. Comenzaron a suceder en la pared las sombras de las esclavas: las cadenas en los pies, el color uniforme del

Mejores son tus amores que el vino, le hala el pelo, el címbalo, la gacela, otro pase, ron, el nitrito, la noche que se acaba, los pájaros madrugadores, las ganas, la sexta gaveta: la abre, una máscara de latex dorado, le cubre la cara, ella no puede respirar, él le mete un dildo enorme. Cuando ve que desfallece, le quita la máscara y la penetra. Ella está confusa por la falta de oxígeno. La voz de mi amado saltando por los montes, brincando por los collados... Vuelve a ponerle el plástico dorado; ella aguanta unos minutos y sucumbe en una desesperación, forcejea, él la domina, la cabalga con fuerza por el ano dilatado, ella intenta quitarse la máscara. Él esta cerca de la transustanciación divina del orgasmo y la eyaculación de haberse enamorado por primera vez, de amar a una mujer a primera vista. Los vasallos entran al salón, recogen a la esclava, Nabucodonosor se queda en el suelo; Reina Vasti está quieta, un nuevo rey emite sonidos de lobo y de hiena al percatarse de que se ha convertido en una estatua de diversos metales, ¿Quién es ésta que sube del desierto como columna de humo? Nabucodonosor se tira sobre la alfombra de intrincados tejidos. Se escucha a la mujer caer. Él la levanta con delicadeza, todavía tiene la máscara de oro, se la quita, la besa, ahora es él quien está subyugado por la reina, la llama: Vasti, amada, serás mi amada, seremos nuestros dueños, despierta... Entonces la mueca silente, el terror en bochornoso concubinato con la inmovilidad y la falta de siervos para recoger el cadáver de la única mujer con quien había conseguido el orgasmo y la eyaculación.

Un buen día para morir

*Un hombre tiene la oportunidad
de la muerte dos veces si...*

Marcio Veloz

Hace cuatro días te levantaste con la seguridad de que no querías vivir. El aire te parecía viciado, arenoso y molesto; por eso respirar era tortuoso y desesperante. Las noches eran aterrorizantes, le temías tanto que, a la primera señal del ocaso, comenzabas a sudar. Temblabas por la oscuridad porque sentías los pensamientos organizados en filas de guerra para atacarte. Disimulabas mientras tus hermanas estaban despiertas; ante ellas, aparentabas esa seguridad que los hombres usan de consigna, pero cuando se acostaban, comenzaba tu pánico. ¡Qué horrible sensación te causaba saberte solo! En el lecho, dabas vueltas, girabas, sudabas copiosamente, te desarropabas, encendías una lámpara, la veías apagarse. El dulce olor del aceite te acordaba que todos se habían marchado al mundo de los sueños, o lo que más te dolía, a ese espacio que llamamos olvido. Salías para despejarte, pero el camino te permanecía tan poco transitado, nadie,

5 minutos para ser infiel

ni un transeúnte, nada, en eso te habías convertido; en un árbol seco que había nacido convertido en hojarasca que el viento arrastraba. Regresabas a la cama, a tientas, poco a poco, con la esperanza de que él estuviera acostado a tu lado. ¡Qué iluso! Sabías de sobra que él no estaba. La noche se estancaba, la luna quieta, la brisa burlona y los grillos que tanto odias, rondaban la casa. Ruido, lástima de ti mismo, de tus estupideces y tus aberraciones.

Recurrías al rito ancestral. Callado lo pensabas y en silencio metías la mano por las telas para encontrártela. Allí estaba, en guardia, era la única parte del cuerpo que te quedaba viva, pareciera que el corazón se te había mudado a la verga, y que ésta, se sentía dueña del resto para ordenarte que la acariciaras, de arriba abajo, el recuerdo de su aliento, con la otra mano te apretabas la tetilla, duro, como si fueran dientes los que te presionaran, abajo, controlabas la respiración para que ellas no se despertaran. Al menor movimiento de tus hermanas, detenías el proceso. La oscuridad te arropaba, Eloí, Eloí, ¿lemá sabacthaní? Comenzabas, arriba, abajo, las tetillas, y recorrías tu cuerpo mientras continuabas con la ceremonia, ofrendabas el diezmo a tu verga sedienta de atenciones. La barriga, el ombligo, subías y te metías los dedos en la boca, pensabas que era su lengua, bajabas, más rápido, la verga te ordenaba, y te abrías, con el dedo mojado merodeabas por las aperturas contranatura. Sentías el olor recóndito a pecados ocultos. Ahora arriba y abajo eran casi lo mismo, la canción del paso del Mar Rojo, el rostro brillante de Moisés, los corderos degollados, el sacerdote, y dos de tus dedos sepultados en la cripta que significa muerte eterna. Un gemido se te escapaba, y el momento se convertía en gotas que manchaban las sábanas, mientras susurrabas, Poséeme, Satanas, a ver si logro olvidarlo. Habías terminado, pero la noche aún era niña, y tendrías que cargar con el lastre de una nueva falta.

Te levantaste de una noche que pasaste en vela. No desayunaste. En realidad casi no habías comido en la semana. Tus hermanas estaban preocupadas; presentían que podías tener una enfermedad mortal. Pasaste todo el día sentado en la entrada de la casa. Regresaste al cuarto y con las manos cruzadas sobre el pecho, te recostaste como si practicaras a estar muerto.

Sabías que no estabas enfermo, sólo estabas enamorado. Sufriste su abandono. Hubieras querido que las cosas fueran como antes, cuando tu amigo llegaba a la casa y conversaba contigo; lo escuchabas, lo mirabas como se mira a los gigantes. Tratabas de quedarte a solas con él. Mandabas a tus hermanas para que realizaran labores atrasadas. Agua, lentejas, más fuego, abre las ventanas, compra aceite, lava las mantas. Cualquier labor, por insignificante que fuera, era una excelente excusa para alejarlas de tu invitado.

Tú nunca habías sentido esos impulsos que te llevaban a quererlo. En realidad luchaste contra las tendencias, oraste sin cesar, ayunaste, hiciste el bien a viudas, huérfanos y menesterosos; es más, un día viajaste al desierto para ofrecer un sacrificio en el que se consumieran tus perversiones, pero nada ocurrió; por el contrario, se te enardecieron los deseos de morderle los labios gominos.

Cometiste una imprudencia la última vez que vino. Lo tenías todo preparado. Querías privacidad. Hubieras preferido que ellas se alejaran después de cenar, pero la menor se quedó para mirarlo como una tonta, insinuándosele, mojándose los labios mientras movía el cabello con destreza y le mostraba el cuello suave. Ella le hacía preguntas estúpidas mientras él contestaba con discursos e historias. Presentías que ella conocía de tus inclinaciones, mas no te importaba. Querías enfrentarla, demostrarle sin palabras, que podías más que ella, era tu intelecto en contra de su belleza.

Habías interpretado que él sentía algo por ti, pero ella se le metía por el medio como lo hubiera hecho la peor ramera. Él, por su parte, la miraba con ternura, mientras tú maldecías el poder de una mujer. El tiempo que duró su visita lo pasaron en un duelo para ganar su atención. Tenías la ventaja de tus conocimientos sobre las escrituras, esa era tu fortaleza, Jehová, el de los ejércitos, el fuerte y celoso que había sacado al pueblo de Israel del yugo egipcio.

5 minutos para ser infiel

Regresabas a la cama para soñarle. Imaginabas que se echaba en el lecho contigo, se quitaba la ropa y podías definir todos sus contornos. Te le acercabas, a gachas, salvaje, y te le escurrirías entre las piernas como un animal sediento. Lo lamerías como un cachorro, y te tragarías su viril entrepierna. ¡Cuánto disfrutabas con tus pensamientos! Pero en su regreso tenías que conformarte con algún roce accidentado y pueril.

Te habías hartado de soñar. No aguantabas las ganas de poseerlo, así que intentaste besarlo, cuando la menor se fue a buscar agua. Él te rechazó con suavidad y puso un dedo sobre tus labios. Sonrió. Bajaste la cabeza por el peso del bochorno. Te retiraste sin emitir palabra. Escuchaste que se despedía. Te asomaste por una rendija y viste como la abrazaba, a ella, a tu hermana, la misma que habías comenzado a odiar. Te pareció que se besaban, ella lo tenía mientras te quedaste parado con la vergüenza de una gran estupidez. No pudiste odiarlos, decidiste en cambio detestarte a ti mismo.

Él no regresó. Comenzó la espera. Estabas tan arrepentido; querías encontrarlo para pedirle perdón y decirle que un demonio te habitaba, pero la realidad es que si hubiera vuelto, te hubieras pegado a él como una enredadera.

Decidiste no vivir. Tu única comunicación con el cielo era para orar que volviera y verlo, aunque fuera una vez más, un instante, pequeño y eterno. Ellas le avisaron, se habían dado cuenta de la razón de tus males. Sabían que era una abominación, pero pensaron que el milagro de su presencia te haría reaccionar. Le dijeron que estabas muy enfermo, que temían por tu vida. Él no contestó, esbozó una sonrisa enigmática y les dijo que no se preocuparan.

Te enfureciste al saber que había ignorado tu condición, elocuente silencio que evidenció que no le importabas. Fue ese día cuando quisiste quitarte la vida. Esperaste con paciencia el momento preciso, decidiste terminar con la agónica existencia que te asfixiaba. Regalaste algunas de tus pertenencias más preciadas, llamaste a algunos de tus conocidos, visitaste lugares importantes de tu infancia.

Buscaste un árbol para amarrar una soga. Era una forma para vengar su desprecio. Te encaramaste, pusiste la cabeza en el arco del nudo y te dejaste caer. Sentiste el dolor, escuchaste el sonido de los huesos. Te faltó el aire, moviste las piernas, quisiste llamarlo, pero sólo pudiste emitir un sonido que se extinguió en el momento que morías.

  Ellas te encontraron. Te bajaron entre gritos, intentaron revivirte, después de los esfuerzos fútiles, se dieron por vencidas. Por fin descansabas. Para evitar problemas con los sacerdotes dijeron que habías muerto de una extraña enfermedad. Compungidas le avisaron. Quiso verte. Llegó con pesadumbre. Ya estabas en la tumba. Te llamó, lo escuchaste, despertaste del sueño. Aquel "Lázaro, ven fuera", te rescató de la muerte. Sentiste el aire fresco que tanto buscabas en las noches de insomnio. Llegaste a sus pies, mientras glorificabas al cielo ante la certeza de que, en esta nueva vida, nadie podría evitar que fuera tuyo.

La extraña humedad en el pecho de Ana Laura

*Un duelo a corazón abierto
o una trampa racional,
es el parto perverso de mis manos
y te invito a penetrar los rincones de mis palabras.
Déjame invadir tus pensamientos
y lamer tus silencios perversos;
acariciar tus sueños,
cosquillearte un amanecer irracional,
y escribir un poema sobre tu cuerpo.
Déjame besar tu aliento convencional
bañarte con mi esencia
y liberar tus cadenas a fuerza de versos,
hasta que Cronos eclipse la vía lógica
y un reloj de estrellas marque nuestro camino.*

El libro de las sombras
Ana María Fuster

Soy un hombre de una sola noche, de los que fingen memorizar el número del celular para luego depositarlo en el triturador de las cosas sin importancia. Estoy marcado por los secretos, el primero de ellos quiebra sin compasión el espejo de mi autoestima, dejándome convertido en un rompecabezas de cristales con bordes tan irregulares como imposibles de montar, pues a mis treinta y dos años no he logrado eyacular dentro de una mujer. No es que sea célibe; por el contrario, he transitado por todas las pendientes y bajadas de la sexualidad, he disfrutado de la ambrosía del amor fortuito en centros comerciales, cines, playas y en cualquier otro lugar al azar en el que, sin expectativas de índole alguna, sin la posibilidad de un segundo encuentro, se confunden las hormonas femeninas y masculinas para evidenciar esa irresistible y sobrecogedora afinidad de los cuerpos para la amalgama.

Los encuentros son una cosa, pero no culminar la relación con un orgasmo tiene serias implicaciones: fingir, esperar a que ella comience con la respiración agitada, el crescendo de gemidos, el parpadeo intermitente que se pierde con los ojos en blanco, la secuencia de besos, los imanes en las lenguas, los lazos de las lenguas... los nudos en las lenguas, el descanso de las lenguas. Me contoneo, mientras ella se aferra, llamamos a Dios, seguimos, ella alcanza el primero de esos múltiples orgasmos que tanto envidio, y se eleva al máximo la fuente pródiga de sus fluidos corpóreos... Y yo con la expresión correcta para no lucir como si tuviera un ataque epiléptico, con mi cara de galán de novela mexicana, perdido en los tiempos, en ese minuto eterno en el que purgo mis temores. Ella satisfecha se estira, yo resoplo como bestia, lo saco y le muestro el reservorio del profiláctico repleto de un semen falso, un semen que es sólo la mezcla de una crema blanca, que no rompe el látex, y la gran cantidad de los líquidos seminales, que es lo único que secreta mi pinga cuando estoy con una mujer. La beso sin mirarla y me levanto para caminar hacia el baño como quien va a un entierro. Cierro la puerta con el seguro, me quito el condón y lo tiro al inodoro, pero todavía lo tengo levantado y mis testículos están repletos, y las venas que recorren mi pene están al relieve, en un camino retorcido. Son venas que palpitan y que contrastan con las profundidades de ella. Repaso los momentos juntos, los que acabo de tener con ella y los que he tenido con otras. Tantos rostros, tantos labios, carmines de derecha a izquierda, de izquierda a derecha, y me acuerdo, los vivo de nuevo, jadeo, me masturbo y en pocos minutos bajo el inodoro y veo el profiláctico hundirse junto con las gotas de mi semen, que se pierden por el infinito del acueducto y dejan en mí la acidez de la insatisfacción...

Pero lo peor no es esta actuación fatídica que me convierte en una marioneta con movimientos dirigidos por la fuerza arrolladora de no querer hacer el ridículo, lo más nefasto es no poder sentir el impulso eléctrico al derramarme dentro de una ella, la que sea, y realizar el hechizo de convertir a dos cuerpos en uno.

El segundo de mis secretos, confieso... (disculpen que no los mire, pero la vergüenza es un párpado invisible que me cierra los ojos, pero, ¿qué les digo?) es un secreto muy oculto, un secreto que encubro con una media deportiva doblada, la cual coloco estratégicamente debajo del pantaloncillo, en el lugar justo para dar la impresión de una opulencia fálica que disimule la realidad de mi diminuto apéndice, ese lastre de mi existir que me acompaña desde los cinco años cuando me encontré con la inminente verdad de que lo único que podía verme desde el ángulo de mi vista era el prepucio.

Como si no hubiese pasado el tiempo, recuerdo el día que papá entró al inodoro cuando yo jugaba en la tina y disfrutaba del baño de las tardes. Me miró como si no me hubiese visto nunca antes, con cara de asombro se acercó y, sin ningún escrúpulo ni cuidado, escudriñó con detenimiento mi pequeña proyección arrugada y retraída. De inmediato llamó a Mamacina, quien al no entender la preocupación que a viva voz le gritaba mi padre, se enfrascó con él en una discusión entre dientes. Fue en ese momento cuando escuché por primera vez la frase desarrollo detenido.

Pensé que padecía de alguna enfermedad que aniquilaría de súbito mi corta existencia. Salí despavorido, con la toalla empapada de todos los miedos posibles e imaginables, con mis pasos dejaba huellas de agua tan planas como mis pies. Corrí hacia mi cuarto, intenté meterme debajo de la cama, pero el volumen de mis ciento veinte libras no me lo permitió. Me quedé en el suelo, dispuesto a esperar la muerte, rogaba a mi amigo GI Joe que me socorriera... Capitán, capitán, hay un hombre caído, Sargento: operación rescate 33... Pasos... y la puerta se abrió, entró Mamacina y me dio un abrazo, pensó que no había entendido la conversación puesto que no lloraba, (desde ese momento jamás lo he hecho) me consoló con un pedazo de tembleque combinado con queso de bola. Yo creí que todo había quedado allí, en un baile misericordioso con algunas palabras feas, pero nada más lejos de la realidad.

Comenzaron las consultas médicas, los pediatras que me agredían con sonrisas burlonas, me tocaban, hacían comentarios graciosos... siguieron las visitas de especialista en especialista, pero todos diferían en su opinión sobre la causa biológica para el tamaño de mi masculinidad. Cada noche me acostaba con la incertidumbre de no saber si amanecería, pero salía el sol, y con la luz, otro doctor, esta vez en el Centro Médico, hogar donde se destilaban los espíritus del olor a creso combinado con los orines de los casos difíciles. Llegó el médico con mirada de hastío, la bata blanca, en el bolsillo un bolígrafo, los guantes de látex. Yo en la casi total desnudez, envuelto en una vestimenta improvisada y ridícula, sentado en la camilla incómoda, el papel ruidoso que la cubría, el miedo a romperlo, la extraña humedad... El reconocido galeno me pidió que me recostara, que doblara y abriera un poco las piernas, me bajó los calzoncillos y en un acto inesperado me metió un dedo por el ano, mientras suspiraba agobiado por los otros tantos exámenes físicos de su tediosa jornada de trabajo. Después me ordenó toser, pero esta vez sus dedos se hundieron, casi penetrando sin compasión por debajo de mis testículos... Una expresión de repulsión se quedó pintada en mis pupilas. Se quitó los guantes, los tiró al zafacón y llamó a mis padres, cuyos rostros comenzaron las transiciones de la angustia a la incredulidad, y de la incredulidad al asombro, hasta encallar en un dejo de culpa que se reflejó en la mirada furtiva de mi madre. Papá caminaba desesperadamente de una esquina a la otra de la habitación balbuceando colérico "Es tu culpa Ernestina, por ataponarle tantos dulces, por consentirlo. ¿No vez en lo que has convertido a nuestro pequeño? Hemos llegado hasta aquí para hacer el ridículo, para escuchar que lo que tiene el nene es sobrepeso, sólo sobrepeso, ¿sabes? Que el nene está gordo, gordo...

⁂

Al poco tiempo comencé la escuela: primero, segundo, tercero... las risas burlonas de las niñas, cuarto, quinto... Sexto grado de torturas y suplicios por mi sobrepeso, exceso de grasa o como quieran llamarle. Cada día se convertía en una agonía que me hacía más retraído y solitario. Los gritos: Snow Man, si no paras de comer vas a reventar, las comparaciones con el reino animal: mamut, elefante... Perdí mi nombre, dejé de ser el nene de mamá, el corazoncito, el bebé, para llamarme el gordo, y no miré a los ojos de los demás por no encontrarme con la imagen del médico.

A los trece años me cansé de ser el motivo de las burlas de todo, en la escuela, en la calle, con mis amigos, en las fiestas, con mis primos, en el cine, con mis hermanos, en los juegos, con mis vecinos, en la vida. Dejé de comer, me sostuve con una comida al día, confieso que no llegué a la bulimia por tenerle terror a vomitar, porque vomitar es para mí una agonía, como si el alma se me escapara disuelta en los ácidos estomacales; pero fui exigente conmigo mismo y con la dieta. Poco a poco mi cuerpo cambió, comencé a disfrutar de las delicias de orinar de pie, en los troncos de los árboles, en los urinales de los baños solitarios. Todos los días examinaba como se descubrían centímetros de mi pene, oculto como algunas ciudades antiguas que yacen sumergidas debajo del fango de las riberas olvidadas. Dejé de ver mis series adoradas, Los cuatro fantásticos, Mi bella genio, Hechizada y me dediqué por completo a los ejercicios y a los deportes. La magia de la niñez se perdió en la necesidad imperiosa de un cambio. El baloncesto, el tenis y la natación sustituyeron a los momentos sedentarios dentro de mi casa, al mundo de mi héroe GI. Joe; y el gimnasio y las pesas suplantaron a los dulces y las comidas irracionales que me engullía mi madre como señal de su gran amor.

Con el tiempo, me convertí en el joven que sólo tenía un doce por ciento de grasa corpórea, el de los ojos verdes que todos admiraban, el del cabello cortado con el último estilo, el atleta que envidiaban mis compañeros, pero que siempre salía del baño con una toalla bien sujetada a la cintura y que miraba de reojo las vergas de las otros y el dominio que ejercían con sus extensos poderíos, pues a pesar de todo mi esfuerzo y los indiscutibles avances en mi físico, no logré llegar a las cuatro pulgadas con el pene erecto. Frustrado por su grosor y tamaño, pensé nuevamente: desarrollo detenido.

CUANDO ELLA HABLÓ CON MIS TESTÍCULOS

Me inicié en los besos y las caricias elementales con Jessica. Jess se pintaba el labio inferior de izquierda a derecha, se tomaba su tiempo en este parsimonioso acto, parecía una mujer serena, tranquila; pero resultó dominante, perversa y posesiva. Con Silvina comencé a explorar la verdadera sexualidad; Sil, contrario a Jess, se pintaba primero la mitad derecha del labio superior, siempre con cierta prisa; pero también, contrario a Jess, resultó aburrida, no tenía grandes expectativas, así que me dediqué a chuparle los senos debajo de las escaleras de un edificio abandonado y solitario. La relación terminó cuando un día bajó la mano hasta tocar mi relleno de telas dobladas. Ella, seguidora de las dietas altas en proteínas, no estaba dispuesta a salir con "un chico que tiene bolas acojinadas", dijo, dirigiéndose al área de mi genitalia como si mis huevos pudieran escucharla. Se puso el sostén, se arregló la blusa y se marchó despidiéndose para siempre de mi pene y de mis bolas con una risita burlona. Entonces fijé la mirada hacia mi falsa hombría y comencé estas divagaciones testiculares, estas conversaciones secretas, porque soy un hombre de secretos, secretos que ahora les dejo mientras miro hacia el horizonte en la búsqueda de una estrella fugaz, de las estrellas poderosas, de las que alumbran aun en los días soleados, las estrellas que trazan la tímida línea de la esperanza...

DIVAGACIÓN TESTICULAR I

Marcela se delineaba los labios con creyones claros y un bordecito color ciruela. Fue mi primera relación sexual completa. Llegamos al motel El Girasol en Aguadilla con buenos intentos de mi parte para no lucir como un primerizo asustado. Marce estaba relajada, disfrutaba de la aventura de entrar a la cochera, abrir el cuarto, inspeccionar la cama, verificar la ventanilla por donde se pagan los tragos, observar con detenimiento los espejos del techo para descartar la posibilidad de cámaras ocultas. La besé removiendo toda la pintura con excepción del borde. Ella me chupó las tetillas y yo le devolví el placer haciendo lo mismo con sus senos. Traté de alargar el momento, aterrado con la posibilidad de que pudiera burlarse de mí cuando me viera completamente desnudo. La detuve cuando parecía que sus inhibiciones estaban por completo descarriladas, pues me acordé de la media rellena en mi pantaloncillo y corrí al baño para quitármela. Regresé al cuarto, ese espacio con olores a los cuerpos de tantos, escuché pasos, carros que se alejaban del motel a toda prisa. Intenté concentrarme, Marce se acercó al verme inmóvil y comenzó a besarme el ombligo, pero se detuvo justo en el momento en que sintió mi pene con sólo cuatro pulgadas de largo, y entonces se dedicó al ejercicio de chuparme, mamarme la verga como si fuese un dulce, una copia de Deep Throat con el opuesto a John Holmes, lo llevaba hasta el fondo de su boca y luego lo dejaba salir con excesos de ruidos y saliva en abundancia, y mis huevos juntos con mi pene parecían entenderla al escuchar los sonidos del placer. A los cinco minutos de aquel ajetreo interminable para conseguir alargar lo imposible, me cabalgó hasta el cansancio, con fuerza, en instantes con rabia, hasta que terminó introduciendo sus dedos por la vulva, para sentir más, un más que yo no le brindaba. Contrariada se bajó, se vistió y me pidió que nos fuéramos de inmediato... No volví a verla porque Marce me dejó para hacerse novia de Roberto, mejor conocido como Tito Manguera.

DIVAGACIÓN TESTICULAR II

Conseguí una beca de atletismo para entrar al Colegio de Mayagüez, intensificaba las prácticas de pista y campo para poder clasificar en las Justas Intercolegiales. La primera vez que participé logramos vencer a los temibles Tigres de la Inter en el relevo cuatro por cuatro. El público vitoreaba, las muchachas me tiraban besos livianos que flotaban en el aire, levanté los brazos en señal de victoria. De pronto, los aplausos se convirtieron en risas, tan parecidas a las estridentes carcajadas de las niñas de mi infancia. Me señalaban, -¡era yo el motivo de las burlas!- sentí un roce en el muslo y me percaté de que la media que había puesto en el sujetador había sucumbido en el esfuerzo de la competencia. El aire movía mi dignidad que colgaba en forma de una media blanca con letras azules que decían: ADIDAS. De inmediato cambié de universidad, ciento ochenta grados, a la Politécnica. Allí pasé varios años involucrado en los estudios y los encuentros casuales, sin expectativas, sin la posibilidad de una segunda parte, con ese sabor insípido de las comidas dietéticas y el amargo residuo de un posible rechazo.

DIVAGACIÓN TESTICULAR III

Aun con los desatinos sexuales y las evasiones amorosas, logré un título. Soy un exitoso industrial, tengo un apartamento en el Condado con vista a un mar azul diurno y a un oscuro océano nocturno en el que los cruceros flotan como grumos de estrellas ruidosas. Es domingo, dentro de un mes cumpliré años. Me levanto temprano, y voy en mi Mercedes a desayunar a Dennys. Regreso al apartamento para leer el periódico, luego una siesta, un baño, la ropa de International Male, el carro lustroso, la vuelta de los pendejos desde el hospital Presbiteriano, la Avenida Ashford, el Hilton, Puerta de Tierra, el Capitolio, el Morro, la Capilla del Cristo, la calle Fortaleza, los adoquines. Una lluvia imprevista, y todo se viste con un manto de agua...

no hay nada más triste que el Cementerio de la Capital después de un aguacero.

Son las cinco y cincuenta y cinco, ya han pasado cuarenta y ocho horas desde que prometí, (como miles de sanjuaneros) conseguir el amor de mi vida, pero son casi las seis, y la profecía se tornó otra vez en pena. Entro al Hotel El Convento y me ubico en una esquina del bar de moda: Nerón, en el que las jóvenes muestran los abdómenes definidos, las caderas reducidas y las tetas agrandadas. Diviso una mujer que me gusta: cabello lacio a los hombros, colores entre rubio y castaño, poco maquillaje, prendas elegantes, nariz perfecta, tan perfecta que hasta con gripe se vería hermosa. Nuestras miradas se cruzan, ella levanta la botella de cerveza, mientras yo contesto con el mismo gesto. Ella llama al bartender y me señala. En pocos instantes llega el joven con una botella de la misma cerveza que estoy bebiendo.

–La dama del traje violeta le invita.

Hice una reverencia en agradecimiento, aunque en realidad me siento intimidado, el recuerdo de Giselda nubla mis pensamientos, Gisi, la feminista, la que siempre quería pagar, la que usaba un carmín mate imposible de sacar de la ropa interior. Gisi, la mujer moderna que tenía la perversa manía de introducir un dedo por mi orificio anal, costumbre que además de ser antihigiénica, era en extremo dolorosa. Así que cambio la mirada, y me olvido del acto cortés de la mujer que me gusta y que por alguna razón me parece peligrosa en su aparente inocencia, pero siento sus ojos incrustados en mi nuca, me volteo con lentitud y la observo mirándome insistentemente. Decido huir, bordeo la barra por el lado opuesto y entro al baño, espero a que un cubículo se desocupe, acaricio mi verga, orino, me halo el prepucio, me masturbo sin mirar a ningún lugar que no sea a mi propio pensamiento, me descargo, me lavo las manos, abro la puerta y busco a todos lados con la esperanza de que la Sharon Stone y su Instinto Fatal se hayan perdido entre el grupo compacto y el cortinaje de humo espeso. Al no verla respiro aliviado, me dirijo a la barra y en el momento en que espero a que se abra un hueco para pedir otra cerveza, escucho que me dicen:

—Ana Laura, mucho gusto.
Contesto con una sonrisa:
—Lázaro.
—¡Lázaro, ven fuera! —responde, riéndose.

No era la primera vez que me devolvían el chiste (también tuve que vivir esa tragedia), pero me sorprende que Ana Laura conociera la traducción más fiel y verdadera al texto bíblico y no la popular frase "levántate y anda", frasecita que de hecho, hería mis sentimientos cada vez que en un encuentro frustrado por el tamaño de mi pene, la mujer de turno me increpaba con la dichosa sentencia repleta de burla e insatisfacción.

Nos quedamos un rato en el área de la barra y luego nos sentamos en la terraza mirando el espectáculo de los rayos crepusculares sobre las paredes de la Catedral de San Juan. Durante la conversación, supe que había querido ser monja. Hablamos, repasamos el Viejo y el Nuevo Testamento, hablamos, datos del trabajo, datos de nuestros gustos, hablamos hasta que el reloj marca las once. Es ella la primera en imponer el silencio ante mi insistencia al tema de la iglesia, acaricia una de mis manos y me dice:

—"El que todo es macho y hembra es para mí confirmación de que el celibato es matrimonio"… Es de Ernesto Cardenal, mi poeta favorito.

No esconozco el verso, pero de alguna forma lo interpreto en forma errónea, pues después de pensar un poco, sin mirarla a los ojos le pregunto:

—¿Quieres ir a mi apartamento? —Utilizo un aire afable, pero con un solapado vestigio de insinuaciones. (Me asusta mi iniciativa, pues yo prefiero los encuentros rápidos en los estacionamientos y en las esquinas sombrías de los bares que están por cerrar).

—Otro día —contesta sin reparos.

Se levanta y se despide porque ya se está haciendo tarde y los lunes se levanta temprano. Antes de irse, me entrega una tarjetita de presentación que pongo en el bolsillo de la camisa en espera del triturador de los desperdicios, la máquina para descartar las posibilidades; las de un amor y las de ser rechazado. Un papelito más, otro número de teléfono que no recordaré, otra cara linda con un cuerpo que se perderá en el torbellino confuso de otras caras, sólo que con esta mujer no llegué al más mínimo acercamiento físico, salvo el beso que le di en la mano en un gesto que me pareció estúpido para un hombre como yo acostumbrado a los encuentros pasajeros y a la insatisfacción de no poder culminar una eyaculación dentro de una mujer. Mejor así, me alivio con estas sencillas palabras de conformismo, pues ella tiene sus problemas con el tema del sexo, una hermosa mujer que quiso ser monja y yo con un rosario de situaciones una detrás de la otra, primero mi gordura, luego la incongruencia de mi cuerpo, mis 6 pies de estatura y mi verga de niño: desarrollo detenido.

La veo alejarse en dirección a la Capilla del Cristo, se va y con su retirada se esfuma la excitación de conocer a alguien diferente. Sin pensarlo la sigo, acelero mis pasos hasta alcanzarla, la detengo por un brazo y le digo en una confesión intrincada:

—Ana Laura, una mujer que cree en Dios es como un hombre con el pene pequeño.

Ella me mira confusa y sigue su camino. Cuando dobla la esquina le grito mi número telefónico y mi correo electrónico, pero no me contesta, se pierde entre los edificios tan antiguos como mis recuerdos infantiles. Subo y bajo por los callejones, con una mezcla de sensaciones, miedos y recriminaciones que se entrelazan con las divagaciones a mis testículos. Tiro la tarjeta por una alcantarilla, así me aseguró de no hacer el ridículo llamándola.

Pienso que mi confesión es un adiós definitivo y también el fin de mis conversaciones íntimas, ya que estoy cansado de este asunto de hablarme a mí mismo, pero sobre todo de hablarle a mi pene y a mis huevos, en particular a éstos, éstas mis dos bolas que me identifican como "macho", mi hombría problemática, ese lugar que genera los fluidos que me laceran y que no quieren dejarme, tan ácidos como los líquidos que están en mi estómago. No puedo seguir este maltrato de mi cuerpo, cerca del Tótem Telúrico me masturbo para vaciarme, añoro el lugar húmedo y cálido que recoja las señales de mi presencia... Y pienso me masturbo luego existo, pero ya no me conformo con la simplicidad de la existencia, rechazo existir cuando en realidad lo que quiero es vivir.

La recuerdo constantemente. Algo terrible ocurre cuando piensas que has estado cerca de la felicidad, un sabotaje inconsciente te invade, presagias catástrofes, piensas en la posibilidad de no volver a verla, de haberla perdido sin siquiera haberla tenido. Cada minuto se torna agónico, desesperante, y por primera vez le temes a la muerte, pero no a la muerte que aniquila a la ya mencionada existencia, no, le temes a la muerte de seguir vivo sin poder estar con ella. Llevo varias semanas en esta ambigüedad, se me hace difícil dormir por estar pensándola, su pelo, su nariz perfecta, sus gestos, la boca, esos labios que sólo necesitan un simple brillo para lucir deseables, esos senos cuya grandeza estriba en la naturalidad y una personalidad que puede ser sólida y transparente al mismo tiempo. Yo que era un hombre de una sola noche, la pienso en cada instante.

Verifico constantemente mi teléfono, lo abro y lo cierro, lo miro, abro mi correo electrónico y marco una decena de veces el botón de recibir y enviar, como si el mensaje se hubiera encajado en la red y lo ayudara a bajar con mi acto compulsivo de marcar el botón. Cuando esperas una llamada que no llega, el móvil se convierte en un corazón que no late, y sólo pides que palpite una vez, la vez cuando ella te llame. El Internet sólo tiene un lugar, el Outlook Express. En esos días se confabulan tus amistades, te llaman de números que no conoces, recibes ofertas de malditas tarjetas de crédito, familiares resucitados encuentran tu número telefónico y quieren recordar cómo eras cuando tenías cinco años, compañeros de escuela deciden reunirse, todos te llaman menos ella.

He perdido las esperanzas, regresaré al valle de los muertos donde pertenecemos los que no amamos. Odio las canciones; todas las canciones hablan de mí, describen a la perfección la impotencia de no encontrar una marina en donde anclar.

De pronto suena la alarma de mi correo de voz. Tengo en mi contestadora el mensaje esperado, su voz serena, pero firme, su invitación al encuentro: el encuentro. Algo vio en mí, quizá no entendió la metáfora con la que creí haberle confesado mi complejo. Me pregunto cómo pudo recordar mi número, sin papelitos, sin tarjetas, sin anotaciones... memoria de privilegio...

He decidido disfrutar del momento. Son exactamente las seis de la tarde. Ana Laura llega al Hotel El Convento con sus olores que se pierden en algunos momentos para regresar montados en alguna brisa nocturna. Está imponente con un traje blanco, la nariz tan perfecta, los senos naturales, las piernas bien formadas. Nos acercamos al mostrador y es ella quien ofrece la información de la reservación. En silencio, entramos al cuarto, pongo música, el viento trae el olor del mar, nos acercamos y nos besamos, mientras bailamos una de las canciones de Budda Bar XX. Después de unos minutos me excuso para ir al baño, entro, me deshago de la media y regreso al cuarto, nos dejamos llevar, le quito el broche del sostén, caemos en la cama y ella me abraza con fuerza. La veo indefensa y me siento rey. Le quito la ropa, tiene la piel rosada, los pezones pequeños, lisos y suaves, ella me abre la camisa, me desabrocha el pantalón, le agarro la mano y la pongo en mi pene, ella cierra los ojos, y yo saco el motivo de mis dudas, ella lo mira y lo besa, luego lo introduce con suavidad en su boca, me pasa la lengua, la observo con detenimiento, su aliento me arropa, sucumbo al instante, mi verga palpita, me chupa con fuerza... se abre, la penetro, siento su himen como los labios diminutos de un elfo, con cuidado me contoneo, me pierdo, acelero, y escucho un susurro:

5 minutos para ser infiel

–Vente...

Pero yo no sé venirme dentro, yo sólo sé fingir y correr hacia el baño, y maldecir la mala suerte de tenerlo pequeño, de ser tres cuartas partes de hombre, un hombre que intenta olvidar y comenzar todos los días, pero las risas estridentes de las niñas, los ecos, las voces, esas voces me obligan a querer huir. Me aparto, ella me mira confusa, acaricia mi espalda y me dice:

–Lázaro, ven dentro.

¡Si es precisamente eso lo que quiero: llenarte los adentros! Pero tengo una letanía de miedos recorriéndome.

–Lázaro, ven dentro –me repite.

Y yo la escucho como se escucha el sonido de la playa nocturna; diáfano, constante. Entonces miro por la ventana y le digo:

–Soy sólo medio hombre...

Se levanta y me abraza.

–Complétate en mí –me dice mientras busca mis ojos.

La veo con una inundación de sentimientos que parecen diamantes líquidos, con gotitas de lágrimas en las puntas de las pestañas. Regreso decidido a sus adentros sin apartarme de sus ojos, de ese espejo en el que comienzo a verme renovado. Siento su vulva cubriéndome como si fueran las manos de un ser en otra dimensión, ella gime y yo la beso, la succiono tan fuerte que le dejo manchas oscuras, ella cierra los ojos, y yo la sigo viendo hermosa, libertadora. La agarro del cabello y siento que hasta mis bolas se sumergen en su cuenca resbalosa, mientras ella se convierte en parte de mi piel, y somos tan perfectos, como si hubiéramos nacido así, siameses. En su mirada se ven los destellos de un cantazo eléctrico. Regreso con más ímpetu, ella me responde y me derramo con la fuerza de todos los tiempos. Siento que el corazón se me ha salido en un torrente que se mezcla con un poco de su sangre, y de esa extraña humedad que sale de mis ojos para empozarse en el pecho de Ana Laura.

Agradecimientos

Si bien es cierto que escribir es un acto solitario, la publicación de un libro es un trabajo de equipo. **Cinco minutos para ser infiel es un** una compilación de historias de hombres inspirada en la curiosidad de las mujeres. Son dos mujeres sus madrinas: Ángela López Borrero y Marta Aponte Alsina. Ambas son escritoras adelantadas a su época y son parte de la historia literaria de nuestro país. Me honro de sus influencias en mis escritos, pero sobre todo, de su solidaridad. Luis López Nieves es el padrino ineludible, como un Quijote para un nuevo milenio, ha creado y mantenido la primera maestría en creación literaria que me ha dado la oportunidad de este segundo debut en la vida. Esta santísima trinidad de escritores es un equipo de ensueño para cualquier aspirante a las letras.

También agradezco a Carmen Lugo Filipi por sus seductoras conferencias medievales, a Arturo Echavarría los contundentes análisis de cuentos clásicos, a Isabel Yamín el viaje por la lingüística, a Elena Lázaro la cabalgata por La Mancha, y a Mario Cancel por el tornado de la postmodernidad que en ocasiones me hizo llorar.

En la maestría he conocido a mis nuevos viejos amigos, Betty, Consuelo, Martiña, Irma, Maira, Iva, Silvia, Isamari, Margaritas (las dos), Maribel, Melissa, Zampa, Barbara, Mara, Neftalí, y Jorge, sin embargo, han sido mis primeros viejos amigos los que me empujaron por la catarata de la literatura: Orlando, Paco, Sheila, Mary, Gloria, Miriam, Gissele, Nilsa, Pedro, Marjo y el gran Chuck Kelly. Fue gracias a Joan que entré a la maestría.

Un agradecimiento especial a Awilda Caez y Eduardo Vera, originadores de la Editorial Pasadizo.

A Eric Tabales le agradezco ser la primera fuente de estímulo cuando dejó la tecnología médica para emigrar a México y hacerse pintor.

El apoyo constante de Richard Marmol y sus lecturas de las doce de la noche hicieron el camino llevadero.

Reconozco a Ana María Fuster y Carlos Esteban Cana por una amistad reciente que parece ancestral.

A Mayda Colón Pagán y Alberto Martínez-Márquez por abrir otra ventana en el mundo de la poesía.

A mi esposa literaria Yolanda Arroyo, ella es mi opuesto más igual, compartimos líquidos y desvelos.

A mi compinche Moisés Agosto y a Mayra Santos por la pregunta que me hizo hace diez años.

A la maravillosa Mairym Cruz Bernard por su tiempo y espacios tan adentrados.

A Gloria Madrazo, la diosa de la paz, por sus atinados comentarios y las citas al cine.

A mi familia de artistas, Mami, Maribel, Jorge, Yolanda, Alberto, Mariela, Albertito, Adalbert, Alisha.

A Wanda por cuidar de mi mejor historia: Emilio Emilio Soto Soto.

DATOS AUTOBIOGRÁFICOS DEL AUTOR

El escritor puertorriqueño Emilio del Carril, además de ser el primer egresado de la maestría en Creación Literaria con concentración en Narrativa, posee un doctorado en filosofía y letras con especialidad en Literatura Puertorriqueña y Caribeña. Es docente en la maestría en Creación Literaria de la Universidad del Sagrado Corazón donde dicta la clase de Historia y Teoría del Cuento. También coordina los talleres creativos del departamento de Educación Continua.

Estuvo ligado activamente al PEN Club Puerto Rico del 2007 al 2012. Durante este lapso dirigió las premiaciones anuales de la organización y ocupó las posiciones de vicepresidente y presidente.

Se ha especializado en teoría de la narrativa, en la autoficción, el tema erótico-sagrado en la literatura y la microficción. Ha presentado sus ponencias en México, Perú, República Dominicana, Argentina y Puerto Rico. Sus artículos y trabajos creativos se han publicado en revistas, periódicos, periódicos electrónicos y portales de Internet en Dinamarca, México, Colombia, Argentina, Perú, Venezuela, República Dominicana y Puerto Rico.

Fue fundador del Círculo de Escritores del Centro de Estudios Avanzados de Puerto Rico y presidente de la Cofradía de Escritores de la Universidad del Sagrado Corazón.

Como socio fundador de la Editorial Pasadizo trabajó los conceptos creativos de diez libros, entre los que se encuentran libros premiados y aclamados por la crítica. Estableció el concepto de gestoría editorial Isla Invisible.

Sus dos libros, 5 minutos para ser infiel y En el Reino de la Garúa (Décima Jornada), han provocado reseñas académicas y trabajos de investigación. En la Primera Jornada de El Reino de la Garúa, propone una novela en la que tejerá mil microcuentos.

Made in the USA
Monee, IL
24 November 2021